첫사랑

이순원

자연과 성찰이라는 치유의 화법으로 양심과 영혼을 일깨워 온, 우리 시대 최고의 작가. 『수색, 어머니 가슴속으로 흐르는 무늬』로 동인문학상, 『은비령』으로 현대문학상, 『그대 정동진에 가면』으로 한무숙문학상, 『아비의 잠』으로 효석문학상, 『애들아 단오가자』로 허균문학작가상, 『푸른 모래의 시간』으로 남촌문학상을 수상했습니다. 또 『아들과 함께 걷는길』,『19세』,『나무』,『워낭』,『고래바위』 등 자연을 닮은 작품으로 수많은 독자들의 마음을 사로잡고 있습니다. 2011년에는 이탈리아 작가 엠마누엘레 베르토시의 그림책 『눈 오는 날』을 강원도 사투리로 번역해 토박이말의 진수를 선보였습니다. 2013년부터는 이순원 그림책 시리즈 중 『어머니의 이슬털이』와 『어치와 참나무』를 출간하여 어린 독자들과 만나고 있습니다.

첫사랑

이순원

북극곰

| 차례 |

우리의
어린 연인

약속 시간 오 분 전에야 종각역에 닿았다. 전철 안
에서도 몇 번이나 시계를 봤는지 모른다. 대체 몇 명
이나 나올까. 또 오늘 처음 나올 친구는 누구일까. 많
이 나와야 할 텐데. 정말 많이 나와야 할 텐데. 그런
설렘으로 전철역 계단을 하나하나 밟고 올랐다. 그러
면서도 언뜻 나이 마흔둘에 이런 설렘이라니, 하는 생
각을 했다. 예전 젊은 한 때 연애를 하고 여자를 만나
면서도 이렇게 마음 설렌 적이 있었는지.

　서울 동창회 총무 일을 맡고 있는 석준이가 내게 그
연락을 한 것은 지지난주의 일이었다. 서울에 사는 초

등학교 동창들이 모임을 갖기로 했다는 것이었다.

전에도 그 친구와는 자주 통화도 하고 얼굴도 보았다. 지난 연말, 강릉에서 모임을 가졌을 땐 내 모자를 그 친구에게 주기까지 했다.

매일 나가야 할 직장도 없이 집에서 글을 쓰는 나는 머리가 덥수룩한 상태에서 늘 모자를 눌러쓰고 다녔고, 중학교를 졸업한 다음 서울에 올라와 택시를 운전하는 이 친구는 나이 마흔둘에 남아 있는 머리보다 빠진 머리가 더 많았다.

그때에도 그 모임 때문에 일부러 그 친구와 함께 그가 운전하는 택시를 타고 강릉까지 내려갔었다. 내년이면 초등학교를 졸업한 지 30주년이 되고, 그러면 그해 여름이나 가을쯤 작은 행사 하나쯤 마련해야 되지 않겠냐는 뜻으로 지난해 봄부터 석 달 간격으로 강릉에서 모이던 초등학교 동창 모임이었다.

여기까지 이야기하면 어떤 사람들은 무슨 초등학교 동창 모임까지 그렇게 유별을 떠느냐고 말할지 모르겠다.

사실 이렇게 말하는 나도 남들이 고등학교 동창 모임이나 대학 동창 모임에 유별을 떠는 꼴들을 보면 늘 곱지 않은 시선을 보내곤 했다. 어떤 땐 동창 모임이라는 게 꼭 저래야 되나 싶은 마음이 들던 때도 있었다.

내 눈엔 왠지 그런 모임이 마냥 아름답게 보이지만도 않다는 것인데, 대부분 친목을 앞세운 모임들이긴 하지만 그렇게 포장된 친목 뒤에 그보다 더 큰 모습으로 음험하게 도사리고 있는 주최 측의, 혹은 거기에 참석하는 사람 모두 너나없이 가지고 있는 어떤 불순한 기대 같은 것을 종종 보아왔기 때문이다.

일테면 이런 저런 선거를 전후해서 갖는 고등학교 동창 모임이라든가, 그런 때가 아니더라도 저마다 출신 학교들끼리 경쟁하듯 끼리끼리 모여 앞에서 끌어주고 뒤에서 밀어주며 매달려가는 그런 모임들 말이다.

정말 어떤 때는 그런 모임들에 대해 내가 나온 학교든 남이 나온 학교든 침이라도 뱉어주고 싶은 마음이 들던 때가 한두 번이 아니었다.

그러면서도 최근 갖기 시작한 초등학교 동창 모임에 대해서는 이상하게 마음이 설레며 여러 날 전부터 손꼽아 그날을 기다리는 것이었다.

대관령 아래의 가랑잎초등학교.

학교 이름이 〈가랑잎〉인 것은 아니다. 아마 하도 학교가 작기에 강릉 사람들 사이에 그런 별명이 붙여진 것인지도 모른다. 지난해 학교를 방문했을 때 이젠 1학년에서부터 6학년까지 전체 학생 수가 서른 명도 채 되지 않는다고 했다. 이러다가 분교가 되고, 또 언젠가는 그 분교마저 없어질지 모른다고 했다. 우리가 나온 가랑잎초등학교는 그랬다.

그러나 예전엔 한 학년의 학생 수가 마흔 명이 넘었던 때도 있었다. 30년 전 우리가 졸업할 때까지만 해도 그랬다. 워낙 깊은 산속의 학교라 입학해서 졸업할 때까지 6년 동안 전학을 가는 아이도 서너 명밖에 되지 않았고, 6년 동안 전학을 오는 아이도 서너 명밖에 되지 않았다. 그래서 1학년 때부터 6학년 때까지 오직 한 교실에서 공부를 했던 친구들이었다. 졸업을 하면서도 앨범 같은 것은 당연히 없었고, 마흔여섯 명의 친구들이 운동장에 책상과 의자를 가져다 놓고 앉아 교장 선생님과 교감 선생님, 담임 선생님을 가운데 모시고 찍은 낡은 흑백사진 한 장이 우리 추억의 물증의 전부인 그런 학교.

그 사진을 꺼내 하나하나 얼굴을 세어보니 남자 스물넷, 여자 스물두 명이었다. 그 중에 이미 저세상으로 간 친구도 몇 명 되었다. 남자 한 명, 여자 네 명. 스물도 되기 전에 스스로 목숨을 끊은 남자 친구야 어쩔 수 없다지만 여자 네 명은 그렇지 않았다. 도시에서 태어나 도시에서 자라고 도시로 시집을 갔다면 넷다 그렇게 쉽게 목숨을 잃을 아이들은 아니었다. 이젠 그것도 오래된 일이긴 하지만 아직도 아이를 집에서 낳다가 아이와 함께 세상을 뜨는 여자 아이가 있다니. 여자 아이 둘은 그렇게 세상을 떴다고 했다. 그리고 초등학교를 졸업한 지 얼마 되지 않아 저세상으로 간 두 아이 역시 그렇게 세상을 뜨기 전 병원 문턱도 가보지 못한 아이들이었다.

마흔여섯 명의 아이들 중 이십 리 떨어진 강릉 시내 중학교에 간 아이도 스무 명이 채 되지 않았다. 고등학교를 졸업한 여자아이는 스물두 명 중 두 명뿐이었다. 우리는 참 깊은 산골에서 어렵게도 산 셈이었다. 내 나이 열아홉 살이던 고등학교 3학년 때, 70년대 후반에야 전기가 들어온 마을이었다. 오늘 그렇게 어렵게 어렵게 한 세상을 살아온 초등학교 동창들이 서울에서 모이는 날이었다.

아직 날씨가 쌀쌀한 2월 저녁이었다. 그러면 어디 제대로 된 찻집이라든가 음식점으로 약속장소를 정하면 좋을 일을 총무인 석준은 내게 〈종각〉 앞으로 나오라고 말했다.

"그 부근 어디 찻집이나 음식점이 아니고?"

　"일단 거기서 만나기로 했다."

　"길에서 만난단 말이야?"

　"그래."

　"그래도 장소를 정하지 그랬어? 추운데."

　"그러면 제대로 찾아오지 못할 사람도 있을 것 같고
해서."

　모임 장소 역시 옛날 가랑잎초등학교 출신들답게
정했구나, 하는 생각이 들었다. 마흔 넘은 사람들이
정한 약속 장소가 종각의 종루 앞이라니. 지하철 계
단을 걸어나와 이제 그곳에 모여 있는 인파 중에서 옛
동창들을 찾아야 했다. 맨 젊은 사람들뿐이었다. 하
기야 그런 곳에 약속 장소를 정할 사람은 어쨌거나 젊
은 사람들일 것이었다. 애인을 기다리거나 친구를 기
다리거나 그들이 기다리는 사람들도 한두 사람이거나
많아야 서너 사람일 것이었다. 몇 명이 나올지 모를
동창 모임을, 그것도 마흔이 넘은 사람들의 모임을 그

런 곳에 정하는 것도 가랑잎초등학교 출신들이 아니
면 쉽게 생각할 수 없는 일이기도 했다.

나는 젊은 인파들이 늘어선 종루를 설레는 마음으
로 왼쪽으로 한 바퀴 돌아보고, 다시 오른쪽으로 한
바퀴 돌아보았다. 분명 약속 시간이 여섯시라고 했는
데 아직 나온 사람이 없었다. 나는 전철역 입구가 보
이는 자리에 서서 그곳에서 고개를 디밀고 나올 내 오
랜 세월의 친구들을 기다렸다.

10분쯤 지나 석준이가 지난번 내가 준 모자를 쓰고
나왔다.

"혼자 나와 있는 거냐?"

"그래. 내가 잘 찾지 못해 그런 건지는 모르겠다
만."

나는 다시 석준에게 우리가 스무 살 먹은 아이들도
아니고 무슨 약속 장소를 이런 식으로 정했느냐고 말
했다.

"이렇게 하는 게 우리들한텐 더 편하니까 그렇지.

처음부터 찻집이나 음식점으로 정해봐라. 제대로 찾기나 하겠나."

하긴 그렇기도 할 것이었다. 서울에 살아도 우리는 여전히 촌놈들인 것이었다.

"참, 강릉에서 여자 동창들 몇이 오기로 했다."

들던 중 반가운 소리였다.

"그래? 누구들이 오는데?"

"기숙이하고 은선이하고 선희가 올라온다더라. 정희가 일부러 불러서."

"미쳤구나, 지즈바들이. 집들은 어떻게 하고?"

반갑다는 말 역시 남이 들으면 상스런 욕설처럼 들렸을 것이다.

"그만큼 보고 싶다는 얘기들이겠지. 아까 두시 차를 탄다고 전화가 왔다."

"자현이는?"

"자현이는 못 올 것 같다고 그러고. 전에 강릉 가서 니도 얘기 들었잖아. 요즘 걔 힘들게 산다는 거."

나는 그냥 입을 다물고 말았다.

　우리 초등학교 시절 가장 깜찍하고 예뻤던 여자 친구….

　그때나 지금이나 살아도 공주처럼 가장 이쁜 모습으로 살 것 같았는데 어쩌다 서른다섯 전에 남편을 잃고, 재혼을 했지만 오래지 않아 그 사람과도 헤어져 지금은 두 아이를 데리고 혼자 어렵게 살고 있다고 했다. 힘든지는 알지만 그 아이도 함께 왔으면 좋을 텐데. 강릉에서 여자 아이들이 올라온다는 애기를 듣자 곧바로 그 아이의 얼굴이 떠올랐을 만큼 왠지 섭섭하고도 안타까운 마음이 들었다. 석준이도 여자 아이들이 올라온다는 연락을 받았을 때 지금 나처럼 자현이는 올라오기 힘들다는 걸 알면서도 그 아이에 대해서부터 물었을 것이고, 또 안타까운 마음이 들었을 것이다.

　"호일이도 나올 것 같다."

　나도 내가 연락받은 친구의 이름을 댔다.

"호일이?"

"쑥고개 너머 무일에 살던 친구 말이야."

"알지. 알지만 그 친구야말로 너무 뜻밖이니 하는 소리지. 어떻게 연락이 됐는데?"

"며칠 전 집으로 전화가 왔더라. 나도 졸업하고 처음 보는 친군데 내 책을 보고 전화를 했다더라."

"나도 그 친구는 졸업하고 처음 보는 것 같다. 아마 우리 동창들 대부분이 호일이한텐 그럴 거고."

처음엔 내 책을 보지 않고 텔레비전의 어떤 문학 프로그램에 비친 내 얼굴을 보았다고 했다. 이름도 그렇고 얼굴 모습도 아무래도 옛날의 내 모습 같아 거기에 소개되는 책을 샀고, 출판사에 전화를 걸어 내 연락처를 알았다고 했다.

석준과 나는 다시 왼쪽으로 종루를 한 바퀴 돌아 먼저 섰던 자리로 돌아왔다. 아마 그날 열 명 정도 되는 친구가 모이기까지 한 시간 가량 우리는 서너 번은 더 종루를 돌았을 것이다.

호일이 말고도 초등학교를 졸업하고 처음 보는 또한 명의 친구가 있었다. 호일이와 함께 이십 리 길을 걸어 학교를 다니던 은봉이란 친구였다. 어린 몸으로 1학년 때부터 아침과 저녁 이십 리 길을 걸어 두 친구는 학교를 다녔다. 집이 멀어도, 그리고 키가 작아도 몸이 다부졌던 은봉이는 결석을 잘 하지 않았지만, 몸이 약한 호일이는 학교를 나오는 날보다 나오지 않는 날이 더 많던 친구였다. 은봉이는 호일이의 연락을 받았다고 했다.

　"이 친구는 내가 연락을 해줬지. 내 동생이 은봉이 동생하고 동창이거든. 그래서 그쪽으로 전화번호를 알아가지고."

　모두들 두 사람이 동창회에 나온 것을 반가워했다. 두 사람 다 중학교에 진학을 했다면 이후에도 우리는 얼굴을 볼 수 있었을 것이다. 그러나 가정 형편이 어려웠던 그 두 친구는 중학교에 진학하지 않았다. 호일이는 지금 하남시에서 양계를 한다고 했고, 은봉이는 일산 어느 곳에서 자동차 정비공장을 한다고 했다.

"일산?"

바로 내가 사는 곳이었다. 가까이 살면서도 연락이 닿지 않아 어디 사는지는커녕 지난 30년간 얼굴 한 번 보지 못한 친구였다.

"자현이도 올라오냐?"

나와 악수를 하며 은봉이도 나처럼 자현이에 대해서 물었다. 강릉에서 여자 동창 아이들이 올라온다고 하자 누구들이 올라오느냐고 묻지 않고 자현이가 올라오느냐고 물었던 것이다. 나는 자세한 얘기 대신 자현이는 바쁜 일이 있어 올라오지 못할 것 같다고 말했다. 그러자 은봉이는 그럼 어떤 아이들이 올라오느냐고 묻지 않고 다시 자현이는 어디에서 사느냐고 물었다.

"강릉에서 시집가서 강릉에서 산다."

"잘 사나?"

"그런가 보더라. 시집도 잘 가고….."

나는 다른 친구들이 듣지 못하도록 작은 소리로 뒷말을 흐렸다.

"니는 전에 더러 본 적이 있겠구나. 같은 동네에 살았으니까."

"그래. 나야 아직도 거기에 어른들이 계시고, 자현이 집도 아직 거기 있으니까."

"어떻게 사는데?"

"그건 잘 모르겠다. 그냥 잘 산다는 얘기만 들었다. 나도 자세하게는 모르고."

그러니까 더 묻지 말라는 말을 그렇게 한 것이었다.

"그래도 잘 산다니까 좋네."

은봉이는 다른 아이들도 그렇지만 자현이의 소식도 아주 오랜만에 듣는다고 했다.

"그때 초등학교 졸업하고 나선 한 번도 본 적이 없는 모양이지?"

"아니. 한 번은 봤어. 열여덟 살 땐가 열아홉 살 때. 그 전에도 한 번 보고."

이번엔 은봉이가 입을 다물었다.

　여섯 시에 약속을 했는데도 일곱 시가 다 되어서야 올 사람들이 모두 나왔다. 그 중의 둘은 석준이의 핸드폰으로 수시로 연락을 하며 먼저 자리를 잡고 앉으면 자기가 나중에 그곳으로 찾아오겠다고 했고, 강릉에서 올라오는 여자 아이들도 이제 막 터미널에 도착했으니 먼저 자리를 잡고 앉으라고 했다. 앞으로 올 두 명의 남자와 강릉에서 올라오는 세 명의 여자를 빼고도 열한 명이나 모였다. 먼저 나온 여자도 네 명이나 되었다. 석준이는 강릉에서 올라온 여자 아이들에게 종각역에서 내려 종각 맞은편의 제일은행 본점 앞에서 다시 전화를 하라고 말했다. 그러면 음식점에서 나와 바로 데리러 나가겠다고. 그리고 그 뒤쪽 골목 어디의 음식점에 자리를 잡았다.

　어디를 가나 금방 표가 나는 것이 강릉말이다. 억양도 독특하고 말하는 방식도 대화가 아니라 마치 싸우는 것처럼 들린다. 반갑다는 말로 마흔이 넘은 여자 동창들을 옛날 교실에서 부르던 대로 '야, 이 지즈바들아' '야, 이 간나들아' 하고 부르며 우리는 고기를 굽고 술을 시켰다. 일부러 그렇게 앉은 건 아닌데 음식점에서도 나는 은봉이 옆에 앉았다.

강릉에서 올라온 여자 아이들은 거의 한 시간쯤 후에 합석했다. 그 '지즈바들과 간나들'도 은봉이와 호일이가 나온 것을 반가워했다. 군에 가거나 시집을 가기 전까지 대부분의 친구들은 다 자라서도 가끔씩 얼굴을 보고 했지만 은봉이와 호일이는 나만 그런 것이 아니라 모두들 초등학교 졸업 이후 30년 만에 처음 얼굴을 보는 것이었다.

늦게 온 아이들까지 어느 정도 식사를 끝낸 다음 석준이가 자리에서 일어나 내년에 있을 우리들의 초등학교 졸업 30주년 기념행사에 대해서 말했다. 그동안 얼마씩이라도 회비를 모으고, 그리고 우리 초등학교 때 은사님을 초청하자는 얘기를 했다. 모두 박수를 쳐서 그것을 환영했다. 중간에 몇 차례 이쪽저쪽으로 자리를 옮겨 앉았는데 다시 은봉이가 내 옆에 앉아 있었다.

"다 모였으면 좋았을 텐데. 강릉 애들도 다….."

은봉이는 자현이가 오지 않은 빈자리를 생각하는 것 같았다.

"왜 누가 오지 않아서 섭섭해?"

여러 사람이 있는 자리에서 나는 가능한 그 아이의 이름을 말하지 않으려 했다. 느닷없이 그 아이의 이름이 나오게 되면 누군가 그 아이의 힘들고 아픈 삶도 함께 얘기할 것이었다.

"그럼 섭섭하지."

"옛날에 많이 좋아했던 모양이지?"

"나만 그랬던 것도 아닐 텐데 뭐."

그건 은봉이 말이 맞았다. 우리가 초등학교를 다니던 시절 은봉이만 자현이를 좋아했던 것이 아닐 것이다. 아까 나와 석준이도 그랬지만 어릴 때 그 아이, 참으로 깜찍하고 예뻤다. 선생님들도 귀여워하고 아이들 모두 다 그 아이를 좋아했다. 어쩌다 남자와 여자

를 함께 짝을 지어 자리에 앉혔을 때 그 아이가 내 짝
이 되면 겉으로는 내색하지 않아도 마음속으로는 마
치 공주가 내 옆에 앉아 있는 듯한 기분이 들곤 했다.
그러면서도 우리는 참으로 그 아이에게 짓궂게 굴었
다. 내가 너를 좋아한다는 말을 그 시절 우리는 그렇
게 했던 것이었다.

"왔으면 좋았을 텐데."

그건 내 생각도 마찬가지였다.

힘들더라도 왔으면 참 좋았을 텐데. 그 시절 참으로
빛나고 깜찍했던 우리의 어린 연인.

"나는 그때 중학교를 안 갔잖아. 우리 집이 여간 가
난했어야 말이지."

이젠 어린 시절 상처 같은 이야기도 우리는 술잔에
담아 나눌 수 있었다. 그래서 은봉이는 더 그 아이를
쳐다보기만 했던 것인지 모른다. 그 시절 어린 우리
모두의 연인을.

"생각해봐라. 나는 무일에 살고, 너희들은 학교 근

처에 살고. 지금 어른이 돼서 생각하면 내가 살던 무
일이나 너희들이 살던 학교 근처 우추리나 도회지 사
람들한텐 다 똑같은 두메산골로 보이겠지만 어릴 땐
또 그게 그렇지 않더라구. 다 자라지도 않은 몸으로
아침 저녁 이십 리, 하루 사십 리길을 걸어다니다 보
니 나한테는 너희들이 사는 동네가 서울보다 더 부럽
게 생각되는 거야. 당장 강릉 시내만 나가도 느들이
살던 우추리나 내가 살던 무일이나 다 똑같은 깡촌인
데도 말이지."

　"그래. 그랬을 거야. 나도 어릴 때지만 너하고 비슷
한 생각을 했으니까. 느 동네에 바로 명주군왕릉이 있
잖아. 어릴 때는 사멩이, 사멩이 했지만 거기 능 세 개
가 있어 동네 이름도 삼왕 무일이고."

　"그래. 삼왕을 사멩이라고 다들 불렀지. 지금도 우
리는 그렇게 부르고."

　"나는 니가 먼 데서 학교를 다닌다는 건 알았지만,
얼마나 먼 데서 다니는지는 잘 몰랐어. 그러다 4학년

땐가 5학년 때 아마 그 삼왕릉으로 우리가 소풍을 갔을 거야."

"야, 니는 그게 언제 때 일인데 별 걸 다 기억한다. 그래서 글을 쓰고 뭘 하는지는 잘 모르겠지만. 자, 우리 잔 한번 부딪치자."

"그래."

우리는 함께 소주잔을 부딪치고, 마치 그러자고 마음속으로 약속이나 한 사람처럼 단숨에 그것을 비우고 잔을 바꾸었다. 내가 먼저 은봉이 잔에 술을 따라주었고, 그런 다음 은봉이가 나한테서 술병을 받아 내 잔에 술을 채워주었다.

"그때 거기 소풍을 갔을 때 이런 생각이 난다. 너하고 호일이는 그날 학교로 오지 않고 느 동네에서 가까운 삼왕릉으로 바로 소풍을 왔던 게 말이지."

"그랬던가? 나는 기억이 잘 안 나는데."

"아니야. 그랬다니까. 내 기억이 틀리지 않을 거야."

"잘 모르겠다. 이제 와 얘기를 들으니 그랬던 것 같기도 하고."

"그랬던 것 같은 게 아니라 틀림없이 그랬다니까."

그러자 은봉이는 다른 친구들을 향해, 야, 내가 뭐 좀 물어볼 게 있는데 좀 조용히 해봐라, 하고는 그것을 물었다. 그게 그렇게 중요한 것은 아니지만, 초등학교 때 옆짝의 친구와 서로 시험지를 바꾸어 들고 선생님이 부르는 답안대로 하나하나 친구의 시험지를 채점할 때처럼 왠지 이 자리에선 오직 그런 것만이 중요하게 느껴지던 것이었다. 둘 중 누구의 말이 맞느냐가 중요한 게 아니라 정말 그때 그런 일이 있었느냐, 없었느냐 하는 것이 우리의 추억을 더 깊고 아련하게 만들어주기 때문일 것이었다.

그러자 누군가 그게 뭐 그렇게 중요한 거라고 다들 말을 끊게 하고 묻느냐고 했고, 또 누군가는 무슨 소리냐, 이 자리에서 그런 것보다 더 중요한 게 어디 있느냐, 하는 말도 했다. 친구들도 그런 일이 있었는지 없었는지 잘 모르겠다고 했다. 그러다가 호일이가 자리에서 일어나 맞아, 하고 내 편을 들었다.

"왜 맞는가 하면 말이지, 어릴 때 내 몸이 약했잖아? 그래서 1학년 때부터 6학년 때까지 학교도 제대로 다니다 말다하고 말이지."

"그런데?"

"그래서 소풍을 한 번도 따라가 본 적이 없거든. 그런데 딱 한 번 우리가 삼왕릉으로 소풍을 갔을 때 거기 가서 수건돌리기도 하고, 선생님이 나하고 자현이하고 둘이 나와 노래를 부르라고 해서 얼굴이 빨개지며 노래를 불렀던 것이 기억이 난단 말이야. 그래서 그날 소풍을 내가 기억한다고. 선생님이 전날 은봉이하고 나보고 너희들은 그곳으로 바로 오라고 해서."

그러니까 나나 은봉이뿐 아니라 호일이까지 자현이에 대해 그런 애틋한 추억을 가지고 있는 것이었다. 아마 그건 이 자리에 모인 남자 아이들 모두 마찬가지일 것이었다. 그 아이가 바로 그 시절 우리 모두의 연인이었으니까.

갑자기 호일의 입에서 자현이 얘기가 나와 누군가한 번쯤 요즘 자현이는 뭘 하지? 하고 물을 만도 했는데, 화제가 금방 소풍 쪽으로 돌아가느라 더 이상 자현의 이야기는 나오지 않았다. 나도 은봉이가 다시 자리에서 일어나 그걸 물을까봐 얼른 그에게 내 잔을 비워 건넸다.

"그때 나는 처음으로 은봉이 니가 얼마나 먼 데서 학교를 다니는지 알았던 거지. 정말 멀더라구 어릴 때 거기."

"그러면서 솔직히 도시락이나 제대로 싸서 다녔나. 학교에서 가난한 집 애들 급식하는 거 그거 먹고, 오가며 칡뿌리 파먹고, 남의 집 고구마밭 뒤지고 그랬던 거지. 그러니 중학교를 간다는 게 그땐 나한텐 요즘 애들 외국으로 유학가는 것보다 더 귀한 일처럼 보였던 거고."

"그래. 그때 우리 같은 벽지 학교들은 구호 양곡이

나왔다. 밀가루하고 옥수수가루가."

"너는 급식을 안 했으니 모르지만 그걸 타러 면소가 있는 구산까지 학교 소사 아저씨하고 리어커 끌고 갔다 오고. 오는 길에 리어커를 밀며 아저씨 몰래 분유 포대 구멍을 뚫어 그것을 빼먹느라 목이 메어 캑캑거리고."

우리들의 술자리는 그렇게 하나하나 아련한 기억 속에 옛날의 슬프고 힘든 추억들을 건져내고 있었다. 그러면서 우리는 서로 손을 잡기도 하고, 술잔을 부딪치기도 했다.

"그때, 정말 이뻤다. 자현이."

그러느라고 이야기는 다시 자현이에게로 돌아왔다. 나는 누군가 우리의 이야기를 듣고 아직 은봉이가 모르는 자현이의 이야기를 할까 싶어 주위를 두리번거렸다. 어릴 땐 아무리 좋아도 그런 내색조차 부끄러워 가슴속으로 감추고 또 감추어야 했던 우리의 첫사랑이 바로 그녀였던 것이다.

그날 우리가 마신 술은 얼마였을까. 우리가 이렇게 모인 것이 스스로 믿어지지 않아 서로 잔을 부딪치고, 멀리 앉아 있는 친구의 이름을 부르며 잔을 들고, 그러다 이제는 다들 까마득히 잊은 듯했던 추억 한 자락을 꺼내면 그 빛바랜 추억을 위해 건배하고….

  아마 열시도 넘게 이야기꽃을 피웠으리라. 그러면서도 그 시간까지 아무도 자리에서 일어설 생각을 하지 않았다. 강릉에서 여자 아이들이 셋이나 올라오고, 서울의 아이들 역시 오늘은 다들 늦게 들어갈 각오를 하고 온 것인지 좀처럼 엉덩이를 뗄 생각을 않는 것이었다. 음식점 주인도 흘깃흘깃 이쪽을 쳐다보았다. 이제 문을 닫을 시간이 되었다는 이야기를 하고 싶은 모양이었다.

  "자, 이제 술도 어느 정도 마셨으니까, 우리 어릴 때 소풍가는 기분으로 노래방에 가서 노래나 더 부르자."

  석준의 그 말에 그래, 노래를 부르러 가자, 하고 말하는 사람과 노래를 부르면 무얼 하느냐, 어디 가서 이야기나 더 하자, 하고 말하는 사람이 나왔다.

"이제 노래를 부르든 이야기를 하든 이 집을 나갈 시간은 된 것 같다. 그리고 이야기를 하더라도 이 시끄러운 단체 손님을 이 시간에 받아줄 만한 집도 드물 테니 이야기를 하더라도 노래방에 가서 하는 게 좋겠다."

다들 좋다고 했다. 부근에 노래방이 있었다. 다들 한두 곡씩 노래를 불렀다. 옛날 초등학교 음악시간처럼 노래를 잘 부르는 사람은 서너 곡도 불렀고, 나처럼 아예 노래를 못하는 사람은 손뼉이나 치면서 그런 친구들을 멀거니 바라보았다. 노래를 못 부르는 사람이 노래방에 가면 짜증밖에 나지 않는다. 대체 이 판이 언제 끝나게 되나 그것만 기다리게 되는 것이다. 그런데 그날은 전혀 그렇지 않았다. 가만히 앉아 어린 날의 친구들이 부르는 노래에 따라 박수를 치는 일도 즐겁고 흐뭇했다.

"야, 이런 자리에 자현이 나왔으면. 어릴 때 자현이

노래도 참 잘 불렀는데. 그때 자현이 방송국에 나가서도 노래도 부르고….”

친구들의 시끄러운 노래 속에 은봉이가 내 귀 가까이 입을 대고 말했다. 그가 그걸 기억하고 있는 것이었다. 5학년 때인가 6학년 때의 일이었다. 그러니까 지금으로 말하면 어린이 방송 시간일 테고, 강릉방송국에서도 인근의 어린이들을 위해 가끔 그런 음악 콩쿨을 열렸다. 물론 라디오 방송이었다. 그 콩쿨에 학교 대표로 자현이가 나갔던 것이다. 우리는 자현이의 노래를 들을 수가 없었다. 라디오가 있는 집이 몇 집 되지도 않았을뿐더러 어느 시간 언제 출연하는지도 우리는 잘 몰랐다. 다만 우리가 본 것은 그 노래 대회에 나가기 위해 수업이 끝난 교실에서 선생님의 풍금 반주에 맞추어 예쁘게 입을 벌리며 노래 연습을 하던 자현이의 모습과, 그리고 대회 당일 선생님과 방송국으로 가기 위해 마치 공주처럼 차려입고 나온 자현의 모습뿐이었다.

"넌 그때 방송으로 자현이가 노래를 부르는 걸 들었나?"

나도 은봉이 귀 가까이 입을 대고 물었다.

"아니. 그때 우리집이 아니라 우리 동네에 라디오가 있는 집이 없었다."

"그러고 보면 참, 우리는 먼 데서 살았어. 도회지와도 멀리 떨어져 살고 우리 시대와도 멀리 떨어져 살고."

"그러게 말이지. 그때 자현이 참 이뻤는데."

"얼마 전에 강릉에 가서 봤는데 지금도 이쁘더라."

나는 다시 그렇게만 말하고 말았다. 아까부터 왠지 그 아이가 힘들고 아픈 부분을 다 말해서는 안 된다는 생각을 내가 하고 있는 것이었다.

"나는 너희들과 또 달라. 나는 어릴 때 자현이한테 말 한마디도 제대로 붙여보지 못했다. 같은 시골에서도 그 아이는 내게 너무 멀리 있었으니까. 학교에서 선녀와 나무꾼 이야기를 배웠을 때 그때 나는 자현이를 그렇게 생각했다. 자현이는 선녀 같고, 나는 나무 꾼 같다고."

"초등학교 졸업 후 자현이를 한 번도 본 적이 없다 고 했나?"

"아니, 아까 얘기했잖아. 열아홉 살 때 한 번 봤다 고. 그 전에도 한 번 보고. 자현이는 날 못 봤지만."

우리의 그런 얘기는 다시 노래방의 시끄러운 노랫 소리에 파묻혔다.

시간은 벌써 자정이 다 되어가고 있었다. 그렇게 우 리는 정신없이 노래를 부르고, 또 정신없이 노래를 부 르는 친구를 바라보며 아직도 다 건져올리지 못한 옛 추억을 건져올리는 것이었다.

자정이 되어 밖으로 나왔을 때 강릉에서 올라온 친 구들은 정희 집으로 간다고 했다. 터미널이 가까운 그 곳에서 내일 아침 일찍 다시 강릉으로 간다는 것이었 다. 우리는 서로 인사를 하고 헤어졌다. 2월이라지만 아직은 찬바람 부는 겨울이고, 꽃피는 봄이 오면 다시 한번 이런 모임을 갖자는 약속을 했다. 그리고 나와 은봉이도 서울 친구들의 배웅 속에 택시를 탔다. 일산 가까이에 이 친구가 사는 걸 전에는 몰랐던 것이다.

"그런데 너 전에 언제 자현이를 봤다고 했지?"

서울을 빠져나오는 택시 안에서 내가 물었다.

"내가 살아온 이야기를 좀 할게. 자세한 얘기는 이제 한 동네에 사니까 다음에 만났을 때 다시 하더라도 자현이 봤던 얘기는."

은봉이가 창밖 쪽을 바라보며 말했다. 이제 잠시 후면 자동차는 자유로로 접어들 것이었다.

"그래. 아까 친구들이 많아서 제대로 듣지도 못했다."

"학교를 졸업한 게 아마 우리 나이 열네 살 때일 거야."

"그래."

나는 짧게 대답했다. 초등학교를 졸업하고 나는 중학교를 가고 이 친구는 가지 못했다. 그래서 어디를 가든 나는 내 나이 열네 살 때를 중학교 1학년 때로 설명하지만 이 친구는 그 나이를 우리가 초등학교를 졸업하던 해라고 말하고 있는 것이었다. 아니, 초등학교를 졸업하던 해라고 말하지도 않는다. 일생 동안 다녀 본 학교가 그것 하나뿐이었으니까 그냥 '학교를 졸업하던 해'라고 말하는 것이다. 다른 친구들은 중학교를 가지 않더라도 마을에서건 아니면 모처럼 나온 강릉 시내에서건 가끔 본 적이 있지만 이 친구는 시내에서도 얼굴을 본 적이 없었다.

"우리 외가가 삼척에 있다. 학교를 졸업하고 이태 동안 집에서 농사일을 거들다가 열여섯 살 때 삼척 외가에 가 있었다. 그렇지만 외가에 가 있었던 게 아니라, 거기 외가에서 소개하는 어떤 운수회사 트럭 조수로 들어간 거야. 그때는 자동차 운전도 운전학원이 아니라 버스든 트럭이든 조수를 하며 배우던 때였고."

계산을 하면 내가 중학교 3학년 때의 일인 것이다.

"내가 지금 작게라도 자동차 정비소를 차린 것도 그

때부터 자동차를 배웠던 때문이고. 그때는 그랬다. 조수라고 해서 운전만 배우는 게 아니라 정비까지 함께 배우는 거니까. 요즘이야 길 중간에 서는 자동차가 드물지만 그땐 버스고 트럭이고 툭하면 길바닥에 서버리고 하던 시절이었으니까. 그걸 운전수가 고치고 조수가 옆에서 공구를 챙겨주며 어깨 너머로 그걸 배우고 하다 보면 운전실력만큼 정비실력도 함께 느는 거고."

"그랬구나. 그래서 강릉에서 보지 못한 거였구나."

"그러다 자현이를 딱 한 번 봤다. 열여덟살 때인가 열아홉살 때⋯."

"길에서?"

"아니. 그해 강원도 체전이 강릉에서 열렸다."

나는 다시 빠르게 머릿속을 회전시키며 그게 내가 고등학교 몇학년 때였는가를 계산했다. 고등학교 3학년 때 도 체전이 강릉에서 열렸다. 그때 우리학교가 그 도 체전 개막행사의 마스게임을 했다. 그렇다면 열아홉 살 때라는 얘기였다.

"그때 어디서 봤는데?"

"내가 지금까지 동창들한테는 누구에게도 한 번 하지 않은 얘긴데, 나 그때 복싱 선수로 출전했었다."

"그래? 니가 권투를 했다구?"

"아마 홍수환 선수가 챔피언이 되던 해였을 거야. 엄마, 나 챔피언 먹었어, 하고 말하던 때 말이야. 복싱은 그 바로 전해부터 했는데, 자동차 조수를 하며 그런 생각을 했던 거야. 어차피 배운 게 많지 않으니까 권투를 하면 어떨까 하고 말이지. 그건 배고파도 할수 있고, 배운 게 없어도 할 수 있으니까. 그러다 잘하면 누구처럼 돈도 벌고."

"그랬구나. 몸이 다부지긴 했어도 넌 학교 다닐 때 누구하고도 잘 싸우지도 않던 친구였는데."

"그때 살기는 삼척에 나가 살아도 우리가 태어난 명주군 대표로 밴텀급에 출전했어. 지금도 알 수 없는 일이 그거야. 전날 1회전 이기고, 2회전 이기고, 그래서 이제 다음날 준결승인 3회전에 올라갔는데, 그 복싱 경기장에 자현이가 나타난 거야. 손에 꽃 한묶음 들고. 나는 링 옆에서 출전 준비를 하고 있었고. 그렇지만 그 아이는 나를 보지 못했을 거야. 아마 다른 일 때문에 왔겠지. 남자 친구가 출전했거나, 아니면 친척 중 누가 출전했거나. 여러 체급의 선수가 다 거기서 경기를 했으니까. 그러다 경기가 막 시작되기 전 링 위에서 헬멧을 쓰며 다시 그 자현이를 봤어. 그렇지만 자현이가 그게 나라는 걸 알았는지 몰랐는지는 지금도 나는 모르는 일이고. 물론 게임마다 장내 방송을 하긴 했지만."

당연히 그래서? 하고 물어야 했지만 나는 그러지 못했다.

"그 게임에 나 케이오로 지고 말았다. 더 잘해보고 싶었는데, 마음만큼 몸이 말을 듣지 않는 거야. 자현이가 보고 있다는 생각만 자꾸 내 머릿속에 들고. 바닥에 쓰러지면서도 그랬다. 게임에 졌다는 생각보다 이걸 자현이가 봤구나, 하는 생각이 먼저 들더라. 너는 그 기분을 모를 거다. 스스로 생각해봐도 그보다 더 비참한 광경도 없을 텐데 비참하다는 생각도 들지 않는 그런 심정 말이야."

"그때 그 아이는 거기 왜 왔는데?"

"모르지 그거야. 그후에도 이태 더 낮에는 운전을 하고 밤엔 복싱을 하다 그만두긴 했지만, 지금도 자현이를 만나면 그걸 꼭 물어보고 싶어. 그때 그 자리에 왜 왔었느냐고. 나 때문에 온 것은 아니겠지만, 그 경기장 밖에 내 이름이 쓰여진 대진표도 있고 했으니까 그래도 혹시 나 때문에 나온 게 아닐까 지금도 나는 그렇게 꿈을 꾸고 있거든. 아닌 줄 알면서도…."

그러면서 이 친구는 다시 창밖을 바라보는 것이었다. 앞으로도 내 입으로는 차마 자현이에 대한 얘기를 이 친구에게 할 수 없을 것이다. 참으로 오래된 첫사랑 하나가 그가 바라보는 창밖에, 아니 그렇게 창을 바라보는 그의 마음 안에 있는 것이었다. 우리 모두가

좋아했던 것보다 더 크게 그 아이를 그리워하며 사랑
했던 한 헝그리 복서의 첫사랑이….

한때
그것이 나였던
어느 시절

동창회에 다녀온 지 며칠 지나 미선이의 전화가 왔
다. 그때 나는 아내와 함께 거실 소파에 앉아 커피를
마시고 있었다. 오후 시간이었고, 학교에서 일찍 돌아
온 작은 아이가 전화를 받았다.

　한참동안 아이가 네, 네, 맞아요, 이상현이요, 2학
년인데요, 학교요? 벌써 갔다왔어요, 하고 상대와 이
야기를 하며 자기 이름도 말하고 나이도 말하고 해서
으레 아내한테 걸려온 전화인 줄 알았다.

　서로 아이들의 얼굴까지 아는 아내 친구들은 가끔
그렇게 전화를 걸었다. 아내도 친구 집에 전화를 걸어

그 집 아이가 받으면 바로 엄마를 바꿔달라고 말하지 않고 한두 마디 아이에게 이런저런 것을 물으며 친밀감을 나타내곤 했다.

"예. 계세요. 잠깐만요."

아이가 그렇게 말하자 나도 그렇게 여기고 아내도 당연히 그렇게 여기는 듯 아이 쪽을 향해 손을 내밀었다.

그러자 아이는 아뇨, 아빠, 하고 내게 전화기를 건넸다. 그 순간 잠시 어색하게 아내의 눈과 내 눈이 마주쳤다. 내 눈빛은 아내에게 어떻게 보였는지 모르지만 아내의 눈빛은 당신한테도 그런 전화가 걸려올 데가 있나요? 하는 것 같았다. 더구나 아이가 전화를 받는 동안 옆에서 가느다랗게 새어나오는 여자의 목소리를 들은 다음이었다. 내가 들었다면 아내도 들었을 것이다.

어쩌다 독자들에게서 걸려오는 전화를 빼면 여자한테서 걸려오는 내 전화는 대부분 책 때문이거나 원고

때문에 걸려오는 것들이었다. 그러나 신문사고 잡지
사고 그렇게 전화를 거는 기자들은 없었다.

그들은 아이가 받든 어른이 받든 언제나 씩씩한 목
소리로 첫마디부터 이선생을 찾았고, 이선생을 바꿔
달라고 말했다. 내가 집에 없어 메모를 부탁할 때나
그 메모가 잘 전달될지에 대한 확인처럼 이름이 뭐냐,
몇 학년이냐, 하는 식으로 아이와 한두 마디 용건 외
의 말들을 나눌 뿐이었다.

"여보세요."

일부러 목소리를 아래로 깔고 전화를 받은 것도 그
래서였다. 내게 건 전화면 처음부터 나를 찾을 것이지
대체 누군데 그렇게 전화를 걸어 이쪽을 거북스럽게
하느냐는 뜻이었다.

"어디 안 나가고 집에 있었네?"

저쪽은 내 목소리를 듣자 첫마디에 그렇게 말했다.
누군지 모르지만 나를 잘 안다는 얘기였다.

"여보세요. 누구시죠?"

이번에도 내 목소리는 스스로도 그렇게 느껴질 만큼 아래로 낮게 깔려 나갔다.

  "옛날 가랑잎학교 우리반 작가 선생 맞지?"

  "예? 예. 그런데요."

  "나, 미선이야. 김미선."

  "아, 미선이…."

  이제까지 낮게 깔려 나가던 내 목소리가 나도 모르게 턱없이 올라갔다. 그러면서 옆에 앉아 있는 아내를 바라보았다. 아내도 커피잔을 입 가까이 가져가 멈춘 채 나를 바라보았다. 어떤 여자 전화길래 갑자기 저렇게 목소리까지 바꿔가며 반가워 할까 하는 얼굴이었다.

  "나, 알아?"

  "알지, 그럼. 우추리 건넌골…."

  "그래. 그 미선이. 그래도 내 이름 금방 듣고 아네? 안 잊어버리고…."

  미선이는 단지 그것이 반갑고 고맙다는 목소리로

말했다. 지난번 동창 모임 때 미선이는 나오지 못했다.

　"그럼. 몇 명이나 된다고 잊어버리냐? 우리 가랑잎 학교 동창이."

　"나는 또 전화를 걸면서 니가 날 모르면 어떻게 하나 큰 걱정을 했는데. 그랬어봐라. 나는 잘 안다고 옛날처럼 반말로 전화를 했는데 그러면 내가 얼마나 무안하겠나."

　"모르긴. 목소리야 어른이 되었으니 몰라도 이름이야 잊지 않고 있지."

　그러면서 나는 다시 한번 흘깃 옆에 앉은 아내를 바라보았다. 방금 전보다 얼굴이 많이 풀려 있었다. 아내도 내가 말한 '우추리 건넌골'과 '가랑잎학교'를 들었을 것이다. 요즘 자주 오네요, 동창들 전화…. 어쩌면 나를 바라보고 있는 아내의 눈이 그렇게 말하고 있는 것인지도 몰랐다. 입 가까이 멈추었던 커피 잔도 가볍게 입술에 닿았다가 도로 탁자로 내려왔다.

도회지에서 태어나 도회지에서 자란 아내는 지난 가을 강릉에서 있은 모임 이후 부쩍 자주 걸려오는 내 동창들의 전화를 신기해했다.

　이제까지 서로들 잊고 지내다가 어떻게 그렇게들 연락이 닿아 한 사람 한 사람 빠지지 않고 전화를 걸어오느냐는 것이었다.

　대부분 강릉 부근과 서울에서 걸려오는 것들이었지만 어떤 때는 전라북도 삼례에서 걸려오기도 하고, 또 어떤 때는 그보다 더 멀리 시집가 살고 있는 순천에서 걸려오기도 했다.

　예전 아내가 다니던 초등학교들은 각 학년의 학급 수도 여러 반이었지만 1학년 때부터 6학년 때까지 철저하게 남자반과 여자반을 나누어 공부해 얼굴은커녕 이름을 기억하는 남자 동창 하나 없다고 했다.

　더구나 아내는 예전 공무원 생활을 하던 아버지를 따라 두 군데나 학교를 옮겨 다녀 오히려 지금까지 이름을 기억하고 있는 남자 친구도 그보다 더 오래 전

유치원에 다닐 때 한 동네에서 살았던 남자 친구뿐이라고 했다.

"조금 전에 전화 받은 애가 작은애인 모양이지?"

아무래도 여자들은 아이들의 일부터 궁금한 모양이었다. 지난번 정희도 내가 먼저 전화를 걸었을 때 니는 큰애가 몇 살이냐고 아이들의 나이부터 물었다.

"그래. 큰애는 올해 중학교 들어가고."

"아이구야, 어지럽다. 이제 중학교 들어가 언제 키우려고."

"니는 애들이 크재?"

"그래. 둘 다 고등학교 다닌다."

큰 게 고3이고 작은 게 고1인데, 위에가 여식애고 아래가 사내아이라고 했다.

"무슨 애들이 시집은 그렇게 빨리 가 가지고…."

"야, 내가 일찍 갔나? 니가 늦게 간 거지. 정희한테 얘기를 들으니 형우는 뭐 더 그렇다 그러고."

그러나 대부분 일찍 결혼한 시골 친구들에 비해 늦

은 거지 사실 내 결혼도 그렇게 늦은 것은 아니었다. 스물일곱에 결혼해 스물여덟에 첫아이를 낳았다. 그래서 고등학교 동창들이나 대학 동창들에 비하면 오히려 아이들이 큰 편에 속했다.

거기에 비해 시골 초등학교 동창들은 남자 아이들도 몇 명을 빼곤 대개 스물네다섯에 결혼들을 했다. 그리고 여자 아이들은 그보다 평균적으로 두세 해쯤 빨랐다. 아마 그것도 일찍 끝을 마친 학교 때문이었을 것이다. 초등학교를 끝으로 어린 나이에 돈을 벌러 대처로 나가 공장에 다니거나 아니면 다른 일들을 하다가 이렇게 저렇게 저마다 짝을 만나 결혼 또한 남들보다 서너 해씩은 일찍 했을 것이다.

미선이가 나보다 더 그렇다는 형우는 대학원에서 박사 과정을 마치고 다시 대학에 자리를 잡고 난 다음 결혼해 이제 큰애가 초등학교에 입학한다고 했다.

"그런데 지난번 모임 때 니는 왜 안 왔나?"

알면서도 나는 다시 한번 그것을 물었다. 의례적인

것이긴 하지만 그 말 속에 미선이 니가 나오지 않아 우리 모두 섭섭했다는 뜻도 포함해서였다.

"그날 우리 큰조카 결혼식 때문에 강릉에 갔었다. 니 아는지 모르겠다. 우리 큰오빠 딸. 그래서 강릉에 있는 애들까지 올라왔다는데 나만 도로 강릉에 내려가고 말이지. 정희가 얘기하지 않더나?"

"얘기야 하지. 그렇지만 니 얼굴이 보이지 않으니까 다들 니는 왜 안 나왔느냐고 묻고 그랬다."

"정말?"

이번에도 미선이는 자기가 없는 자리에서 누군가 그렇게 자기를 챙겼다는 것이 반가운 모양이었다. 그 날 서울에 사는 여자 아이들한텐 정희가 연락을 했었다. 정희도 연락을 했을 때 미선이가 왜 하필이면 모임 날짜를 그날로 잡았느냐고 아쉬워하더라고 했다. 아마 내게 다시 전화를 건 것도 그래서였을 것이다.

"그날 그렇게 재미있었다며?"

미선이의 목소리엔 그날 나오지 못한 아쉬움이 그

대로 배어있는 듯했다.

"그래. 강릉에 있는 애들도 오고 해서. 서울에 있는 애들 중엔 니하고 형우만 빠졌다. 형우는 그날 경주에 세미나가, 그러니까 무슨 회의가 있어서 내려가고."

"걔들이야 전에도 보고 했지만 호일이하고 은봉이도 왔다면서?"

"그래. 다들 졸업하고 처음 본다고 여간 반가워하지 않더라."

"나도 걔들은 졸업하고 한 번도 못 봤다. 언제 또 모이기로 했는데?"

"석 달에 한 번씩 모이기로 했다. 그러니까 오월에."

"그렇게 멀리?"

"멀리는? 처음엔 다들 오랜만에 보는 얼굴들이라 매달 만나도 만날 때마다 반갑고 아쉬울 것 같지만 몇 번 얼굴 보고 나면 그게 또 안 그렇거든. 그리고 다들 결혼해 가정을 이루고 사는데 아무리 옛날 동창들이

라지만 여자고 남자고 너무 자주 모여 유별을 떠는 것
도 괜히 집자리마다 옆에 있는 사람들한테 불편해질
것 같고 해서 철마다 한 번씩 만나기로 했다. 이런 모
임은 아쉬우면 아쉬울수록 좋으니까. 그래야 더 잘 모
이고."

"그래도 그렇지야 석 달이면 너무 멀다. 두 달에 한
번이면 몰라도."

그러면서 미선이는 내게 서울엔 자주 나오느냐고
물었다. 나는 자주 나가지는 못한다고 말했다. 이런
저런 약속들을 하루에 몰아 일 주일에 한 번 사람을
만나러 나가든 아니면 일을 보러 나가든 한다고. 그날
이 대개 목요일이었다. 때론 일이 넘쳐 금요일까지 나
가기도 했다.

"그렇지만 이쪽 강남 쪽으로는 자주 안 나오지?"

왠지 그 말을 나는 미선이가 석달 후에 있을 모임
과는 따로 그 전에 언젠가 한번 나를 보고 싶다는 뜻
으로 받아들였다. 듣는 순간 그런 생각을 했다. 서울

에 자주 나오느냐고 묻고, 그렇지만 이쪽 강남 쪽으로
는 자주 안 나오지? 하고 곧이어 묻는 미선이의 목소
리에 꼭 그랬으면 좋겠다는 어떤 작은 바람 같은 것이
묻어나 있는 듯했다.

나는 머릿속으로 빠르게 지난번 모임 때 석준이가
나누어준 주소록에 적혀 있던 미선이의 주소를 떠올
려보았다. 석준은 그것을 강릉 여자 아이들까지 도착
한 다음 술자리가 거의 무르익던 중에 나누어주었다.

조금 전 미선이가 강남 쪽이라고 말하지 않더라도
그것을 받았을 때 다들 어디에서 사는가 싶어 얼핏 훑
어봤던 기억으로 강남구였던 것까지는 확실한데 그
다음 이어지는 동 이름이 도곡동이었는지 아니면 다
른 동이었는지 가물가물했다.

그나마 그것도 여자고 남자고 우리 가랑잎학교 동
창 중 제일 잘 산다는 미선이는 어디에서 살고 있는
지, 그리고 그 주소록 제일 밑에 적혀 있는 미선이의
이름 아래에 그날 새로 알게 된 은봉이의 연락처를 적

느라 다른 아이들 것보다 한 번 더 살펴보았는데도 그
랬다.

"지금 니 사는 데가 도곡동이나?"

"그래. 은광여고 맞은편. 그런데 니 그건 어떻게 아
는데?"

미선이는 다시 그것을 어떤 특별한 관심처럼 반가
워했다.

"그날 석준이가 미리 주소록을 만들어 와 나눠줬거
든. 그래서 옛날 우리반 달리기 선수는 어디까지 뛰어
가 사나 봤지."

"어머, 니 그것도 아네?"

"그럼. 니 높이뛰기도 참 잘하고."

"그래. 나 옛날에 그런 거 참 잘했는데….''

예전 어릴 때 교실에선 그렇게 특별한 관심을 받지
못하던 아이였다. 키가 커 달리기를 잘했고, 운동회
때가 되면 늘 계주 선수로 나서곤 했다. 남자 아이들
도 중간에 엉덩이가 걸리고 마는 5단 높이의 뜀틀도

잘 넘었고, 중간에 가는 장대를 걸쳐놓고 하는 높이뛰기도 당시로는 보기 드문 배면뛰기의 폼으로 자기 키 높이까지 그것을 훌쩍 뛰어넘곤 했다.

아내가 옆에 없었다면 나는 그 이야기를 했을 것이다. 그때는 그렇게 배면뛰기를 하는 네가 그저 신기하게만 보였었다고. 먼 곳에서 비스듬히 달려오다 장대 앞에서 획하고 몸을 돌려 한순간 차오르듯 공중으로 날아오르는 네 모습이 어린 내 눈에 늘 아슬아슬해 보였다고.

"너무 멀지? 거기선 우리 집이."

"그래도 양재역 부근엔 가끔 간다. 거기 자주 가는 출판사가 있어서."

"그렇다고?"

"그래."

"우리 집 양재역에서 멀지 않은데."

그러다 미선이는 갑자기 생각난 듯 애기 엄마는? 하고 물었다.

"옆에 있다. 뭔 얘기를 그렇게 재미나게 하나 하고 쳐다보면서."

그러자 아내는 내 얘기하는 거예요? 하는 얼굴로 반쯤 얼굴을 찡그리며 손가락으로 자기 가슴을 가리켰고, 미선이는 아이구야, 나는 니 아들이 전화를 받길래 그런지도 모르고 대낮부터 남의 신랑 붙잡고 수다를 떨었네, 하고 서둘러 전화를 끊으려 했다.

"괜찮아. 나도 우리 집사람 눈치보고 살지만 그 정도까지는 아니니까."

"니야 괜찮겠지만 내가 안 괜찮으니까 그렇지. 암만 옛날 동창이라고 해도 그렇지 무슨 여자가 저렇게 교양도 없나 생각할까 봐. 전에 보니 느 애기 엄마 무척 깔끔해 보이는 것 같던데."

"전에 어디서 봤는데?"

"지난 겨울인가 니가 텔레비전에 나올 때…. 느 애들도 보고."

"그거야 일부러 그렇게 하고 찍으니 그렇지."

"그래도…. 언제 이쪽으로 나오면 꼭 전화해. 그냥 들어가지 말고."

"그래."

"애기 엄마한테도 말 잘해주고. 오랜만에 옛친구 만나서 그렇지 나 원래 그렇게 교양 없고 수다스러운 여자 아니라고."

"그래. 꼭 그렇게 전할 테니 걱정하지 말고. 그러고 보니 니 얼굴 본 지도 20년이 넘는 것 같다."

"그래. 아마 그렇게 되었을 거야. 그러니까 이쪽으로 나오면 꼭 전화해야 돼."

미선이는 그 말을 두 번 세 번 다짐받듯 반복해 말했다.

"하여간 대단한 동창들이예요. 무슨 할 말들이 그렇게도 많은지."

내가 전화기를 내려놓자 기다렸다는 듯 아내가 말했다.

"그럼 대단하지. 같은 시간 속을 살아도 더 먼 곳,

더 먼 시대를 여기까지 함께 달려온 사람들인데."

정말 우리는 그랬다. 아직 전기도 들어오지 않는 마을에서, 어쩌다 자동차 한 대가 동네로 들어오면 그것이 모두에게 큰 구경거리였던 그런 산간 벽촌에서 어렵게 어렵게 한 세상을 살아온 초등학교 동창들이었다.

도회지와도 멀리 떨어져 살고 우리 시대와도 멀리 떨어져 살며 우리만이 생각하고, 우리만이 꿈꾸고, 우리만이 그려낼 수 있는 그 옛날의 동화를 저마다 가슴속에 때로는 기쁨처럼 때로는 슬픔처럼 나누어가지고 있는 친구들이었다.

아침에 전철을 타고 나오는 중간에 한 번 전화를 하고, 양재역에 도착해 다시 한 번 미선이에게 전화를 했다. 처음 전화를 했을 땐 출판사의 일을 보고 난 다음 그곳에서 점심을 먹고 오후에 만나자고 한 것인데, 미선이는 그렇게 하지 말고 일을 보고 나서 늦게라도 자기와 함께 점심을 먹든가 아니면 자기와 먼저 이른 점심을 먹고 난 다음 출판사로 가 오후에 일을 보면 어떻겠냐고 말했다.

"점심이야 같이 안 먹으면 어때서?"

"무슨 얘기야? 그래도 오랜만에 만난 동창끼리 밥이라도 한 끼 같이 먹고 헤어져야지 늘 만나 연애하는 애들도 아니고 어떻게 차만 한 잔 마시고 헤어질 수 있나?"

내가 다른 말을 해도 미선이는 그날 우리 만남의 목적이 오직 그 점심 한 끼에 있는 것처럼 막무가내로 자신의 말대로 하자고 했다. 그러다 일산에서 출발해 잠시 지상으로 나왔던 전철이 다시 지하로 들어갈 때, 그곳에 도착해 다시 전화를 걸겠다고 했다.

결국 미선이의 말대로 하기로 했다. 사실 출판사의 일은 그렇게 급하고 꼭 필요한 일도 아니었다. 다음 달에 나올 월간 문예지에 소설 한 편을 싣기로 했는데, 그곳 편집자가 마지막 필자 교정을 봐주었으면 좋겠다고 말해온 것이었다.

"싫으면 안 보셔도 되지만, 왠지 이번 원고는 책이 나오기 전 선생님이 한 번 더 봐주셨으면 하고요. 대사 부분의 사투리 때문에 그러는데 어떤 부분은 묻는 말에 '뭐뭐핸?'이라고 쓰기도 하고 또 어떤 부분은 '뭐뭐했나?'라고 쓰기도 해서 어느 한쪽으로 통일하는 게 낫지 않나 싶기도 하고…. 그 외에도 몇 군데 더 그런 게 있습니다. 우리가 교정을 보면서 밑줄을 쳐놓았는데 '매련이 없다'든가, '굴암 한 남박 삶아서', '개락이다', '엄포말이를 해서', '달부 어엽다' 같은 말들은 따로 괄호 안에 설명을 달았으면 좋겠다는 생각도 들고요."

물론 그것도 좋은 버릇은 아니겠지만 이제까지 십년 넘도록 원고를 써 발표하면서 아직 한 번도 출판사에 나가 필자 교정을 본 적이 없었다. 그만큼 자신 있는 원고를 보냈다는 것이 아니라, 보면 볼수록 더 나은 원고가 만들어진다는 걸 알지만 일단 한 번 원고를 완성하고 나면 다음에 책이 나올 때까지 다시 그 원고를 들여다보고 싶지 않은 내 못된 성격 때문이었다.

이번 원고 역시 '뭐뭐핸?'은 어른이 아이에게, 그리고 윗사람이 아랫사람에게 묻는 말에만 쓰고, '뭐뭐했나?'는 어른이 아이에게 강조하여 물을 때와 또 아이들끼리, 혹은 친구들끼리 묻는 말에 쓰는 거라고 설명하고, 원고에 쓴 강릉말들 역시 그냥 그대로 두고 싶다면 그만이었다.

원고를 쓰며 내가 가장 싫어하는 말이 '사투리'라는 말이었다. 어떻게 서울말은 다 표준말이고 지방말은 다 잘못된 사투리란 말인가.

아무리 의미 전달이 목적이라지만 같은 사투리도 서울 사람들이 알아들을 수 있으면 괜찮고, 서울 사람들이 알아듣지 못하면 안 된다는 법은 또 무엇인가.

'굴암 한 남박 삶아서'와 '도토리를 한 그릇 삶아서'가 어떻게 같은 뜻인가? 같은 물건이더라도 '굴암'은 굴암이고 '도토리'는 도토리인 것이다. '굴암'은 우리 어린 날 가난한 집의 한 끼 점심 양식이고, 도토리는 아이들이 부르는 동요 그대로 다람쥐가 소풍을 갈 때 싸가지고 가는 점심이거나 때로는 도토리묵을 해 먹는 별식의 원료인 것이다.

'남박' 또한 풀어서 설명하자면 '나무그릇'이 되겠지만 나무그릇도 여러 종류다. 그 여러 종류의 나무그릇 가운데 '남박'은 고작 그런 굴암이나 삶아 담아두고 소여물을 퍼줄 때나 쓰는 땟국물이 꾀죄죄하게 절은, 그릇 중에서도 최하질의 나무바가지인 것이다. 그 허기와 궁기의 의미 전달을 다람쥐의 점심 같은 '도토리'와 요즘 과자 그릇으로 더 많이 쓰이는 '나무그릇'이 어떻게 같을 수 있단 말인가.

'개락이다' 하는 말 또한 그렇다. 그냥 '많다'는 말보다 더 많고 많아서 흔전만전 넘치는 그 무엇을 '개락'이라고 하는데 그러나 그것만으로는 또 너무 의미가 작다.

물론 우스갯소리긴 하지만 용돈을 주지 않는다고

집을 나간 아들에게 아버지가 전보를 친다. '야, 시방 여기는 오징어가 개락이다.' 그러니 얼른 돌아와 일손을 도우라는, 그러면 용돈을 주지 않더라도 얼마든지 네 손으로 돈을 만질 수 있다는, 그 한마디로 집 나간 아들조차 흥분시켜 돌아올 수 있게 하는 말, 그것이 바로 개락인데 그 개락에 어떤 설명을 달란 말인가.

대추나 홍시라면 몰라도 굴암 같은 것은 아무리 많고 많아 온 산을 덮을 만큼 흔해도 결코 개락이라는 말을 쓰지 않는 그 축제적 분위기의 풍요와 넘침을.

그런데도 출판사로 나가겠다고 한 것은 지난번 미선이의 전화 때문이었다. 교정을 보든 않든, 설명을 달든 않든 상관없이 일단 출판사로 나가 거기 일을 보고 난 다음 꼭 한 번 미선이를 봐야겠다는 생각이 들었다.

잘 산다는 얘기는 들었지만 그 아이는 또 그 세월 속에 어떻게 변하고 얼마나 변했는지. 양재역에서 다시 미선이에게 전화를 걸어 먼저 출판사로 나가 일을 본 다음 그곳에서 다시 전화를 걸겠다고 했다.

　출판사의 일은 점심 전에 끝났다. 그냥 원고를 한 번 죽 훑어보며 잘못 쓴 말들만 몇 군데 수정을 했다.

　"사투리는 설명 안 달고 그냥 두시겠습니까?"

　"사투리가 아니지, 이건. 그냥 강릉말이지."

　"그게 사투리죠."

　"그 말 말고는 그 의미와 분위기를 정확하게 표현해 낼 말이 없는데도 그게 사투리야? 제대로 만들어지지도 않은 사전에 없으면 다? 그리고 '뭐뭐핸?'과 '뭐뭐했나?'는 아까 설명한 그대로고."

　"문제는 그걸 독자들이 알아야 말이죠."

　"아는 독자들도 있지. 그리고 독자들이 모른다고 의미까지 다르게 쓸 수는 없는 일이고."

　나는 교정지를 넘기고 그 자리에서 다시 전화를 걸었다. 미선이는 내가 양재역으로 나오면 자동차를 가지고 나오겠다고 했다.

　"뭐 차까지? 그냥 부근에서 점심을 먹으면 되지."

"그래도 우리반 작가 선생님이 나오셨는데 그럼 쓰나. 잘 대접해서 보내야 이다음 책이라도 한 권 이름 써서 받지."

"왜, 니가 점심사려고?"

"그래. 오늘은 내가 꼭 그래야 할 일이 있다. 니는 그렇게만 알고."

"20년도 넘게 못 봤는데 니 나 알아보겠나?"

"그럼. 나야 전에도 보고 했으니 금방 알지. 그런데 니가 날 알아보지 못할까 봐 걱정이다."

정말 그 말대로 양재역으로 차를 끌고 나온 미선이는 생각보다 훨씬 더 멋쟁이었다. 그냥 길에서 마주쳤다면 우리 나이 또래의 어느 세월 좋은 유한마담 정도로 보아 넘겼을 것이다.

한쪽 어깨에 가방을 메고 역 출입구 쪽으로 걸어가는데 주춤주춤 다가온 자동차 안에서 나이는 들었어도 처녀 때보다 더 환하게 핀 얼굴로 미선이가 나를 불렀다. 그래서 인사도 미선이가 운전하는 자동차 안에서 했다.

"오랜만이다. 정말⋯."

"야, 우리 작가 선생님. 세상에라, 니는 어째 나이든 것 말고는 얼굴이 옛날하고 똑같나. 우뗘 이래 한 개도 안 변했사? 몸도 늘 그만만하고."

말이란 이런 것일까. 미선이는 전화로도 쉽게 내뱉지 않던 강릉말을 내 얼굴을 보자마자 그대로 뱉어냈다. 그러나 나는 같은 말을 미선이에게 할 수가 없었다.

미선이는 달라도 너무 달라져 있었다. 예전에도 키가 컸으니 지금도 여자 키로선 클 것이라고 생각했고, 몸매도 늘씬했으니 아이 둘을 낳고 나이를 먹었다 해도 지금도 어느 정도는 그럴 것이라고 생각했지만, 지난 세월 속에 어쩔 수 없이 나이를 먹긴 했어도 그늘 하나 없이 얼굴이 고와 이게 정말 예전 우추리 건넌골의 그 미선인지 잘 믿어지지 않을 정도였다.

"니는 야, 정말 길에서 보면 모르겠다. 너무 멋쟁이

라서."

"참말로?"

"그래."

"그동안 잘 살고?"

"그랬으니 이렇게 다시 만났지."

"그런데 전에 우리가 언제 마지막 봤나?"

"스무 살 땐가 스물한 살 때 추석에 집에 내려갔다가 본 것 같다. 그때 왜 추석날 저녁에 우리반 애들이 다 모였을 때."

"그래. 그때였었구나, 그게. 석준이 집인가 형우 집에 다 모였을 때…."

"그동안 보지는 못했어도 니 잘 산다는 얘기는 들었다. 지난번에도 그 말 듣고 애들이 다 고마워하고. 정말 느들은 잘 살아야 한다. 어릴 때 느들이 어떻게 산 지즈바들이고 간나들인데."

"그래, 그렇게 말해주니 고맙다. 니를 만나니 지즈바 간나 소리도 참 오랜만에 듣는 것 같고. 어릴 때 우

리 어머이 아버지가 뭐라고 퍼부어댈 땐 그 소리 하루
만이라도 안 들었으면 소원이 없을 것 같더니."

미선이는 양재역에서 강남역 쪽으로 자동차를 몰았
다.

"오늘은 내가 점심을 사는 거니 미리 약속해라."

"무슨 약속?"

"오늘은 니 돈 내지 말라고."

"이러다 하루 종일 밥 얘기만 하다 말겠다."

"오늘은 내가 그럴 일이 좀 있다. 니는 아직 몰라
도."

"어디로 가는데?"

"여 좀 가면 우리 아 아버지하고 가끔 가는 데가 있
다."

잘못 오해할 수도 있겠지만 그런 미선이의 태도는
나 이제 이만큼 살아, 하는 걸 보여주기 위해 일부러
그러는 것 같지는 않았다. 만약 그런 마음이었다면 내
가 먼저 그 애 얼굴에 감춰져 있는 어떤 거들먹거림을

발견해내곤 입을 다물었을 테고, 미선이 역시 날 만났다고 이렇게 들떠 있지 않을 것이다. 그런 거들먹거림이란 언제나 예전엔 우리가 같았지만 이제는 우리가 달라, 하는 걸 보여주는 데서부터 시작하는 것이니까.

미선이가 안내한 음식점은 테헤란로 중간쯤에 있는, 외양부터 깨끗하고 고급스러워 보이는 어느 한정식 집이었다.

"니한테는 어떻나 모르겠다. 나는 아직도 입이 촌스러워 양식집엔 잘 안 가게 된다. 그런 데 가면 칼이야 포크야 썰고 찌르고 자르고 하는 게 음식을 먹는 건지 음식을 데리고 싸움을 하는 건지 당최 어수선해싸서…."

웨이터가 있는데도 카운터에 앉아 있던 주인 여자가 일부러 주문을 받으러 방으로 들어오자 미선이는 나와 이야기할 때와는 또 다른 말씨로 '지난번 그것'이 좋더라고 했다. 주인 여자도 괜찮지요? 그거, 하고 되묻고 방을 나갔다.

"뭔데?"

"별거 아니야. 그냥 밥인데, 찬이 좀 많이 올라온다 뿐이지. 도미 찌지미도 나오고, 갈비하고 산낙지 찌진 것도 나오고…."

"얼굴은 펴도 말씨는 그대로네. 전화로 할 때보다 더."

"닌 뭐 안 그렇고?"

음식이 나오는 동안 나는 미선이에게 출판사에 갔던 이야기를 했다.

"니는 굴암 한 남박이 뭔지 알지?"

"알지야 그럼. 우리 어릴 때 늘 먹던 겨울 점심이 그건데. 그나마 배부르게라도 먹었나? 미처 끼니가 준비 안 되니 물에 울궈 떫은 내 빠질 새도 없이 삭가루(사카린) 쳐서 겨우 한 주먹씩 먹고 그랬지. 정수 니는 그런 거 안 먹고 커도 우리는 참 질리도록 많이 먹었다."

"그게 30년 전이다. 그리고 30년 후 우리가 여기 이런 집에 앉아 니 말대로 도미 찌지미도 먹고 갈비 찌지미도 먹고….”

그 외에도 국이며 찌개며 더덕이며, 미처 가지를 셀수 없을 만큼 많은 찬들이 나왔다. 넷이 둘러앉아도 널찍한 상에 빈자리가 없을 정도였다. 음식이 나오자 미선이는 자기 식사는 하는 둥 마는 둥하며 연신 이 반찬 저 반찬을 집어 내 앞접시에 가져다놓았다.

“왜 니는 안 먹고?”

“나도 먹지. 그렇지만 오늘은 니 좀 먹는 거 볼려구. 나, 그전부터 그게 꼭 보고 싶었거든.”

“아까부터 왜 그러는데?”

“정수야.”

미선이는 빈 젓가락을 든 채 그윽한 목소리로 나를 불렀다. 왠지 이쪽을 건너다보는 눈길까지 그런 듯했다.

“왜?”

“니는 오늘 내가 밥 얘기만 한다고 뭐라고 그러는

데, 이왕 말이 나왔으니 내가 밥 얘기를 좀 더 해볼
게."

"하더라도 먹으면서 해라. 자꾸 여기만 갖다 쌓아놓
지 말고."

"사실은 내가 니를 이렇게 대접하면 안 되는데 이렇
게 대접한다. 하루 우리 집에 불러 내가 직접 밥을 짓
고 찬을 만들어 대접해야 하는데…."

그러면서 미선이는 다시 그윽한 얼굴로 나를 바라
보았다.

"그건 또 무슨 얘긴데?"

어쩌면 부담스러운 얘기일 수도 있겠지만, 그러나
그런 것 같지는 않았다. 뭔가 가슴속에 하지 않으면
안 될 이야기가 있는데, 그 이야기를 어떻게 시작해야
하나 생각하는 듯한 얼굴이었다.

"나는 우리 애들이 반찬 투정을 하면 그렇게 화가
나지 않아도 계란을 안 먹고 남기면 화가 난다."

"그건 나도 그래."

"그래. 전에 니가 어떤 책에 그런 얘기 쓴 거 봤다. 애들이 밥상에서 계란을 남기면 화가 난다고."

"아마 우리 나이 사람들 대부분이 그럴 거다. 잘 먹고 컸든 못 먹고 컸든 우리 어릴 땐 그게 제일 귀한 반찬이었으니까."

"정수야."

"왜?"

"니는 계란 후라이를 언제 처음 먹어봤나?"

"잘 모르겠다."

"나는 5학년 때 처음 먹어봤다. 삶은 계란은 그 전에 몇 번 먹어봤어도 계란 후라이는…. 나, 그거 어떻게 먹어봤는지 아나?"

"내가 그걸 어떻게 아나. 얘기해봐라."

"지난번에 니 내가 달리기 잘하고 높이뛰기 잘하던 얘기했제?"

"그래. 그때 니 정말 잘했는데. 저쪽에서 달려오다 뒤로 돌아 점프하는 배면뛰기로 말이지. 장대에 몸이 닿을 듯 말듯 아슬아슬하게."

　그래서 나는 지금도 육상 중계방송 중 높이뛰기 장면을 보면 늘 어린 시절의 너를 떠올린다고 말해주었다. 미선이 앞이라 그렇게 말한 것이 아니라 실제로 그랬다. 미선이에 대해 다른 건 다 잊어도 그 배면뛰기의 멋진 도약과 장대끝을 스치는 아슬아슬함만은 쉽게 잊을 수 없는 것이다.

　"그땐 다들 정면뛰기를 하거나 측면뛰기를 했거든."

　"그래. 체육시간 우리도 그렇게 했고."

　"그때 육상 특활반 선생님이 조명현 선생님이었거든. 나는 다른 선생님 이름은 다 잊어버려도 그 선생님과 6학년 때 권영각 선생님 이름은 잊어버리지 않는다. 그때 나도 처음엔 다리부터 넘는 측면뛰기를 했는데, 어느 날 조명현 선생님이 배면뛰기를 가르쳐주시더라. 그전 올림픽 때 어떤 선수가 그렇게 뛰어 우승을 했다면서. 그렇게 뛰니까 측면뛰기를 할 때보다 한 뼘은 더 높이 뛸 수 있겠더라. 우리가 그 정도였으니 올림픽 같은 데 나오는 선수들은 3, 40센티미터는 더 높이 뛸 수 있는 거고. 그래서 군 대회에 나가서 5학년 땐 우승을 하고, 6학년 땐 준우승을 하고. 6학년 땐 지난해 내가 뛰는 걸 보고 그랬는지 어쨌는지 배면뛰기를 하는 다른 학교 애들도 몇 명 있고 해서."

그러나 그 일은 잘 기억나지 않았다. 그런 대회는 늘 주문진이나 묵호에서 열려 우리들은 가볼 수가 없었다. 상을 받았다면 대회 때 받은 상을 다음 주 월요일 운동장 조회 때 전교생이 다 보는 자리에서 교장선생님이 다시 주었을 텐데 그것도 가물가물한 게 제대로 그림이 떠오르지 않았다. 어쩌면 그 시절, 내가 그만큼 미선이에 대해 무관심했던 것인지 모른다. 높이뛰기와 관련해 내 기억에 남아 있는 미선이는 그것으로 상을 받은 미선이가 아니라 운동장 한쪽 구석 넓이뛰기 모래장에서 치마 대신 짧은 운동 팬티를 입고 보여주던 멋지고도 아슬아슬한 모습의 그 미선이뿐이었다.

"그때 연습할 때 말이지, 아까 굴암 얘기도 했지만 우리가 점심이라도 뭐 제대로 싸 다녔나. 학교 관사에서 옥수수죽 급식도 하고, 또 싸 다녔다 해도 겨우 보리밥이고 감자 다진 밥이지. 그 한쪽 구석에 검치르한 고추장 박아서. 오후부터 해질 때까지 연습을 하는데 끝날 때쯤이면 얼마나 배가 고픈지 걸음이 옮겨지지 않는다. 그래서 조명현 선생님이 그래도 도시락을 들고 다닐 만한 4학년부터 6학년까지 좀 산다는 집 엄마들을 부른 모양이야. 운동선수 애들 점심을 좀 싸 달라고. 그때는 몰랐는데 지금 생각해보니 그래. 그러니 우리가 느들이 하나씩 더 싸온 도시락을 먹고 했겠지."

그래, 그건 기억이 난다. 5학년 때였는지 6학년 때였는지는 기억나지 않지만 운동선수들이 연습을 하는 한동안 처음엔 내가 도시락 두 개를 들고 다녔다. 그중 내 이름을 적은(그래야 나중에 도시락을 제대로 돌려받을 수 있으니까)한 개를 아침에 학교에 오자마자 교무실로 가 조명현 선생님 책상 위에 올려놓았지만, 그걸 미선이가 먹는다는 것은 알고 있었다. 처음엔 나 혼자만 알았다. 연습을 할 때면 운동선수 애들은 오전 수업만 하고 점심도 관사에 모여 운동선수 애들끼리 먹었다. 그러다 누군가 교실에서 내가 싸온 도시락을 미선이가 먹는다고 말하자 그게 무슨 큰 놀림 같아 더 이상 그 도시락을 들고 다닐 기분이 아니던 것이다. 그래서 그 다음부터는 2학년 아래의 정혜가 나보다 작은 몸으로 두 개의 도시락을 들고 다녔다. 그러나 도시락 보에는 여전히 내 이름이 쓰여져 있어 빈 도시락이 우리반으로 왔고 내가 그걸 집으로 가져갔다. 결국은 그게 그거지만 그래도 최소한 내가 싸온 도시락을 미선이가 먹는다는 소리만은 피하고 싶었던 것이다. 아마 그건 도시락을 먹는 아이가 미선이가 아니라 우리반의 다른 여자아이였어도 마찬가지였을 것이다. 그땐 그런 일이 왜 그렇게 부끄러웠는지 모르겠다. 내가 싸온 도시락을 먹었던 미선이 역시 그랬을 것이다.

지금 미선이가 그 이야기를 하고 있는 것이었다. 그동안 까마득히 잊고 있긴 했지만, 설사 떠올랐다 해도 내 입으로는 먼저 꺼낼 수 없는 그때 그 시절의 도시락 얘기를.

"첫날 니가 싸온 도시락을 열었는데, 기름이 자르르 흐르는 하얀 쌀밥 위에 계란 후라이가 있는 거야. 그땐 삶은 계란만 먹어봤으니 그게 계란이라는 건 알아도 후라이라는 걸 알았어야 말이지. 그냥 삶아서 까면 될 걸 왜 이렇게 터뜨려서 반만 익혔나 그렇게만 생각했지. 그렇다고 찜을 한 것 같지도 않은데 먹어보니 삶은 계란과는 또 맛이 천지차인 거고. 그래서 처음 계란 후라이라는 것을 먹어봤는데, 그 다음날도 그 다음날도 도시락을 열기만 하면 거기에 하얀 쌀밥 위에 계란 후라이가 있고 말이지."

"그랬나? 나는 까마득히 잊고 있었는데 니는 별 걸 다 기억한다. 맨 쓸데없는 얘기들만…."

"니는 잊을 수 있어도 나는 평생 가더라도 잊을 수

없으니까."

오늘 점심 이야기를 그렇게 여러 번 한 것도 달리
해서 한 것이 아니라는 얘기였다. 미선이는 이제 그
가슴 아픈 이야기조차 아름답게 추억하고 있지만 그
추억의 당사자로서 마주 앉아 듣는 나로서는 그렇지
가 못했다. 어린 날 오히려 그 일과 관련해 나대로 지
은 죄도 적지 않은데 그것을 내 선행처럼 말하는 미선
이에게 왠지 면괴스럽기까지 했다.

"나는 잘 모르겠다. 우리한테도 어쩌다 한 번씩 해
주던 거라서. 그리고 우리가 볼 때 도시락을 싸는 것
도 아니고 하니까."

"선생님이 일부러 부탁하니 느 어머이도 일부러 신
경을 쓰셨던 거겠지. 집에서 애들을 제대로 먹이지 않
아 운동이 안 된다고 하니까 밥도 더 많이 싸고 찬도
신경을 더 쓰고. 니 그때 내가 마음속으로 얼마나 고
맙고 부러웠는지 아나?"

"그건 잘 모르겠고, 그때 우리 어머이가 니 칭찬하

던 생각은 난다."

"뭐라고 칭찬했는데?"

"그때 니가 도시락을 날마다 깨끗하게 씻어서 보냈잖아?"

"그래. 너무 고마워서."

"우리 어머이가 그랬다. 야는 이다음 시집가면 살림 야물딱지게 하겠다고. 기름 반찬을 해 보내도 어린 게 기름기 하나 없이 도시락을 씻어 보낸다고 말이지. 그러면서 나한테 니 이다음 이런 아한테 장가들어라 하고."

"정말?"

"학교 수돗가에 기름기를 닦아낼 물건도 없을 텐데 어떻게 이렇게 자기가 먹은 설거지를 잘해 보내는지 모르겠다고."

그 말 역시 미선이 앞이라고 해서 한 이야기가 아니었다. 어머니는 도시락을 쌀 땐 우리가 보지 않는 부엌에서 싸도 빈 도시락은 가끔 그렇게 식구들 앞에 펼

쳐 보이곤 했다. 아마 내가 찬을 남겨 오거나, 모으면 한 숟가락쯤 되는 밥풀을 알뜰히 긁어먹지 않고 도시락 이곳저곳에 그대로 붙여오기 때문에 야단을 치기 위해 더 그랬던 것인지도 모른다. 그런데도 그때 나는 미선이에게 아주 무관심했다. 아니, 무관심했던 정도가 아니라 어머니가 이다음 이런 아한테 장가들어라, 할 때 얼굴이 빨개지도록 화를 내며 얼른 대회가 끝나 그 도시락을 안 들고 다닐 날만 기다렸던 것인지 모른다.

"정수, 니 술 한잔할래?"

"나는 해도 되지만 니는?"

"나도 한잔하지 뭐. 오랜만에 니 만났는데."

"니 음주 운전도 하나?"

"안 하니 걱정 말고."

미선이는 벨을 눌러 청주 두 병을 시켰다.

"나는 먹어도 빨개지지는 않아."

내가 병 뚜껑을 비틀어 열자 그것을 받아 미선이가

먼저 내 잔에 술을 따라주었다. 나도 그것을 받아 미선이의 잔에 따랐다. 미선이가 먼저 잔을 부딪쳐왔다.

"정말 오랜만이다."

"그래. 니 잘 살아서 고맙고."

나는 잔을 비웠고, 미선이는 반을 마시고 그것을 아래에 내려놓았다.

"정말 느 어머이가 나를 그렇게 칭찬했나?"

다시 내 잔에 술을 따라주며 미선이가 물었다.

"그래."

"그 얘기를 그때 좀 해주지."

"왜?"

"나 그때 도시락 씻으며 그런 생각을 했거든. 정말 이다음 커서 느 집에 시집을 가 이렇게 설거지를 하면 얼마나 좋을까 하고."

"야, 이제 보니 김미선이 높이뛰기만 잘했던 게 아니라 조숙하기까지 했네."

"조숙해서 그런 생각한 게 아니다."

미선이는 먼저 내려놓았던 남은 잔을 비웠다.

"그럼?"

나는 미선이가 비운 잔에 술을 따랐다.

"못 먹고 못 살아 쌀밥에 계란 반찬 먹고 싶어 그랬던 것도 아니고."

"또 그런 얘기한다. 그런 얘기 말고…."

"그릇 때문에 그랬다. 운동선수 밥이라고 그냥 네모난 도시락이 아니라 그보다 조금 더 큰 동그란 찬합에다 밥을 싸주셨는데, 지금 생각해보면 그냥 노란 알루미늄 찬합이지만 그때 나는 그렇게 이쁜 그릇을 본 적이 없었다. 얼마나 이뻤냐면 뚜껑에 사과하고 포도하고 복숭아 그림이 그려져 있던 건데 그걸 수둣가에서 씻으며 그런 생각을 했던 거야. 이다음 이런 이쁜 그릇 많은 집에 시집가서 하루종일 그릇만 씻고 싶다고. 그러니 그 도시락을 내가 얼마나 깨끗이 씻었겠나. 씻다가 혹시 어디 긁히기라도 할까 봐 일부러 볏닢만 끊어 만든 야들야들한 수세미로 씻고 또 씻고, 아마 그렇게 열 번도 더 씻어 물기까지 말린 다음 다시 보자기에 곱게 싸 니 책상 속에 넣어두곤 했지."

"그럼 나한테 오고 싶었던 게 아니라 그릇한테 오고 싶었던 거네."

"야는, 그게 그거지야. 말이 그렇다는 거지."

"그때 참 그 도시락 때문에 애들한테 놀림도 많이 받았는데."

"싫었제?"

그 말에 나는 대답하지 않았다.

"나는 그래도 그 놀림이 마음속으로는 얼마나 좋았는지 모른다. 누가 나까지 그렇게 놀리면 겉으로는 같이 화를 내곤 했지만 속으로는 참 좋았다."

그러면서 미선이는 오늘은 정말 그러기로 작정하고 나온 사람처럼 다시 도미 가슴살의 뼈를 발라 내 앞접시에 가져다놓았다.

"니도 먹으라니까. 자꾸 그러지 말고."

"그런데, 니 무릎에 난 상처는 지금도 있나?"

"무슨 상처?"

"운동회 때 니 100미터 달리기를 하다가 넘어져 무릎이 찢어졌잖아."

6학년 때의 일이었다. 그냥 넘어져서 생긴 상처가 아니라 앞으로 엎어지며 무릎이 닿은 자리에 작은 쇳조각이 있어 더 깊게 살이 찢어진 상처였다.

"니가 그걸 어떻게 아는데?"

"내가 약을 발라주었으니 알지."

"선생님이 아니고?"

"넘어진 널 일으켜 본부석으로 데리고 온 것은 선생님이지만 약은 내가 발라줬는데 그것도 모른단 말이야? 육상부는 그때 진행위원으로 본부석에 있었는데."

"그랬었나? 내가 너무 아파서 정신이 없었던 모양이다."

"소독약을 바르니까 니 무릎에서 하얀 거품이 부글부글하던 것도 눈에 선하고. 나 그때 정말 니가 얼마나 아플까 내 몸처럼 걱정했는데."

　그런데 나는 왜 그것을 선생님이 발라주었다고만 기억하고 있을까. 무릎이 깨어지듯 아팠던 것도, 상처에 흐르는 피를 씻어내기 위해 과산화수소를 부었을 때 살을 태우듯 끓어오르던 거품 때문에 한결 더 겁을 먹고 놀랐던 것도 어제의 일같이 기억하고 있는데, 그 기억 속 어디에도 미선이의 손은 보이지 않는 것이었다. 아니, 상처에 약을 발라주던 손은 분명 있었다. 다른 아이들보다 조금 더 크긴 했겠지만 그래도 아이의 손과 어른의 손은 분명 달랐을 텐데 나는 그것을 여지껏 5학년 여자 선생님의 손으로 기억하고 있었던 것이다. 지난번 동창 모임 때 다들 어린 날의 내 기억력에 혀를 내둘렀다. 그런데도 미선이의 일만은 나와 관계된 일조차 이렇게 어두운 것이었다.

　"만약 그 약을 내가 아니라 자현이가 발라줬다면 바로 기억했겠지."

　거기서 미선이는 왜 하필 자현이의 얘기를 꺼냈을

까. 우리 어린 날의 깜찍했던 연인. 그러나 나까지 맞장구를 치듯 자현이의 얘기를 할 수 없었다. 그런 자리가 아닌 것이었다.

"아니야. 누가 발라줘도 마찬가지였을 거야. 지금도 그때 아팠던 것 말고는 아무것도 생각나는 게 없어. 누군가 약을 발라줬으니 당연히 선생님이라고 생각했던 거고."

말은 그렇게 했지만 운동회 때의 일뿐 아니라 교실에서 있었던 일들도 그랬다. 미선이의 기억 속엔 미선이 옆에 늘 내가 있었는데, 내 기억 속엔 높이뛰기 연습 때말고는 한 번도 그 중심에 미선이가 있었던 적이 없었다. 미선이는 그때 언젠가 본 사회시험에 내가 미국의 시카고를 '공업의 도시'라는 답 대신 그 시험을 보기 전날 〈어깨동무〉인가 하는 잡지에서 본 대로 '바람의 도시'라고 써 스물다섯 문제 중 한 문제를 틀렸던 것도 정확하게 기억하고 있었다. 내가 그것 때문에 교실에서 잠시 웃음거리가 되었던 것까지도.

"나도 이런저런 일들을 많이 기억하고 있는데 니는 나보다 더 많이 기억하고 있는 것 같다."

"그래. 도시락 때문인지는 모르지만 이상하게 니하고 관계된 일들은 많이 기억해. 장마 때 니 신발 잃어버렸던 것도 기억하고, 글짓기 잘해서 니가 쓴 동시를 교실 뒤에 붙여놓았던 것도 기억하고. 잠자리, 가랑잎, 그런 제목도 생각나고. 니 형우하고 그런 대회도 나가고 했잖아."

"그래."

"교실 청소를 할 때 내가 니 책상을 얼마나 깨끗이 닦아주곤 했는데. 다른 애들 책상은 한 번씩만 쓱 걸레로 문질러도 니 책상은 양초칠까지 해주고. 그때는 왜 한 책상에 둘이 앉았잖아."

"그래."

"그래서 이쪽 자리보다 니가 앉는 쪽 자리에 더 많이 양초칠을 해주고. 넌 그런 거 모르지?"

"알아."

한때 그것이 나였던 어느 시절

"알긴, 모르면서. 6학년 때 언젠가 선생님이 남자 여자 같이 앉힌 적이 있었잖아. 우리가 남자 여자 너무 편을 갈라 말도 않고 지낸다고. 생각나?"

"그래."

"그때 누구하고 앉았는지도?"

"아니."

"니하고 은선이가 앉았다. 나는 영욱이하고 앉았다가 우리가 같은 집안이라고 해서 나중에 원우하고 바꿔 앉고."

"그랬나?"

나는 잠시 어색한 표정을 지어보였다. 갑자기 미선이의 입에서 나온 영욱이라는 이름 때문이었다. 같은 동창이어도 우리는 살아 이 자리에 앉아 있고, 그 아이는 오래 전 세상을 떠났다.

"그랬나는. 참, 원우는 뭘 한다고 그랬지?"

"부천 어디서 가구점을 한다는 얘기를 들었다. 지난번에 나오지는 않고."

다시 나올지 모를 영욱이의 얘기를 밀어내기 위해 나는 얼른 미선이 앞으로 잔을 가져갔다.

　"그때 나 니 옆에 앉은 은선이가 참 부러웠다."

　그러면서 미선이도 내게 잔을 부딪쳐 왔다. 이번엔 내가 미선이의 앞접시에 고기를 놓아주었다.

　"한 잔 마시니 내가 이런 말도 하네."

　은선이는 그것을 기억할까. 어쩌면 은선이도 나처럼 그것을 기억 못할지 모른다. 그러나 그때 자현이가 석준이 옆에 앉았던 것만은 분명하게 기억하고 있다. 미선이처럼 나도 석준이가 부러웠었다. 이상하게 자현의 일에 대해서는 그랬다. 지난번 호일이가 소풍 때 자현이와 함께 노래를 불렀던 일을 이야기할 때에도 그 전엔 한 번도 떠오르지 않던 그 그림이 그 이야기를 듣자마자 바로 어제의 일처럼 머릿속에 떠오르던 것도 그랬고 지금 미선이의 앞에서도 그랬다.

　"내가 또 우리 옛날 얘기를 해볼게."

　"그래."

한때 그것이 나였던 어느 시절

"나 느들이 중학교 갈 때 얼마나 속상했는지 몰라."

그 얘기라면 나는 지난번 은봉이 때와 마찬가지로 입을 다물고 미선이가 하는 말을 들을 수밖에 없다. 스물두 명의 여자 동창 중 절반 이상이 중학교에 가지 못했다. 시험에 떨어져서 못 간 아이도 있었지만 대부분은 중학교 입학시험조차 치르지 못했다. 우리는 그런 시골에 살았다.

"나는 우리 아버지한테 다른 건 다 괜찮은데 그거 하나는 지금도 원망스럽다."

뭐가? 라고 묻지 않아도 그건 우리가 서로 아는 일이었다. 그런데 미선이는 또 내가 기억하지 못하는 일들을 이야기했다.

"나, 그때 높이뛰기를 했잖아."

"그래."

"군 대회에 나가 상도 받고 그러니까 그때 강릉여중 체육 선생이 우리 학교로도 오고 우리 집으로도 와서 나를 그 학교 육상부에 넣어달라고 그렇게 말했는데도 우리 아버지가 말을 들어야 말이지. 시험만 치게 하면 합격도 그냥 시키고, 학비도 걱정하지 않아도 된다는데도 말이지. 그 일 때문에 권영각 선생님도 우리 집에 여러 번 오시고."

그런 정도의 일이라면 일부러 알려고 하지 않아도 충분히 알 수 있고 또 기억할 수 있는 일인데도 그랬다. 요즘 말로 하면 체육 특기생 스카웃이 될 텐데, 그 무렵 미선이가 몇 번 교무실로 불려갔다와선 책상에 엎드려 엉엉 울던 기억은 나지만 그런 일까지 있었던 건 정말 알지 못했다. 더구나 선수 확보를 위해 시내 중학교의 체육 선생까지 일부러 그렇게 우리 가랑잎학교를 방문했던 일이라면 말이다. 어쩌면 6학년 때의 담임 선생님이었던 권영각 선생님이 미선이가 받을 상처를 생각해 그 일을 교실에서까지는 말하지 않았던 것인지도 모르겠다. 꼭 미선이의 일이 아니더라도 그때 선생님은 단 한 아이라도 더 많이 중학교에 보내려고 수시로 아이들을 교무실로 부르기도 하고 또 집집마다 가정방문을 하기도 했다. 그래서 미선이를 교무실로 부르고, 또 미선이의 집을 찾아갔던 일역시 내 기억 속에 특별하게 기억될 게 없었던 것인지도 모르겠다. 그때 나는 그것을 남의 일처럼만 여겼던 것이다.

"느 아버지는 왜 그러셨는데?"

"우리 오빠가 둘 있잖아. 그런데 두 오빠 다 초등학교만 마치고 말고. 그러니까 위에 아들들도 중학교에 보내지 않았는데 중간에 지즈바를 어떻게 중학교에 보내냐고 말이지. 학비야 공짜라 해도 교복 사 입혀야지, 가방 사줘야지, 책 사줘야지 하는 돈이면 그 돈 모았다가 내 이태 아래 기승이를 중학교에 보내겠다고 말이지."

"그래, 기승이. 걔는 지금 뭘 하는데?"

"양양에서 공무원 한다. 중학교도 가고 고등학교도 가서."

"그랬구나."

"그때도 슬프고 서러웠지만 정말 슬프고 서러웠던 건 그 다음이다."

나는 언제였느냐고 묻는 대신 묵묵히 잔을 들었다.

"느들 중학교 3학년 때일 거야."

거기까지 말하고 미선이도 잔을 들었다.

"학교를 졸업하고 한 해 동안 집안 일 거들다가 강릉 시내로 처음 일을 나갔거든. 너도 아마 알 거야. 그때 나 동원여객 버스 차장 한 거. 우추리엔 아직 버스가 안 들어올 때니까 하루하루 돌아가면서 성산도 다니고 안인도 다니고 연곡도 다니고 경포도 다니고 말이지. 그땐 그랬거든. 정해진 노선이 있는 게 아니라 하루하루 돌아가며 노선을 바꾸고 말이지."

생각해보면 그런 얘기를 들었던 것 같기는 한데 미선이가 차장을 하는 차를 직접 타본 적은 없었다. 그러나 우리 동창 중 많은 아이들이 미선이가 차장을 하는 버스를 탔다고 말했다. 지금 같으면 그런 미선이의 처지를 먼저 생각했겠지만 중학생이라고 해도 우리는 아직 어렸다. 누군가 학교에서 돌아오는 길에 전에 어디에 가느라고 미선이가 차장을 하는 버스를 탔다고 말했을 것이고, 그 말을 들은 누군가는 다른 질문 다 제쳐놓고 그러니까 미선이가 차비를 받더냐 받지 않더냐부터 물었을 것이다. 동창인데도 버스비를 받더냐, 아니면 동창이라고 버스비를 받지 않더냐, 어린 나이에 학교 대신 버스를 따라다니는 미선이의 아픔을 헤아릴 사이도 없이 그때 우리의 관심은 고작 그런 수준밖에 되지 않았다. 미선이가 그 시절 이야기를 하고 있는 것이었다.

"하루는 성산(우리 마을의 면소재지)을 왔다갔다 하는데, 자현이하고 형우가 시내에서 차를 타더라. 왜 그렇게 부끄러웠는지 몰라. 정말 숨을 데만 있다면 어디 숨어버리고 싶더라 그땐. 두 사람도 나를 보고 어떻게 해야 할지 몰라 쩔쩔 매고 말이지. 안 그렇겠나? 암만 어려도 그렇지 그런 데서 동창을 만나니까 말이지. 나 정말 그때 우추리에도 버스가 다녔다면 차장

안 했을지도 몰라. 그렇게 쩔쩔 매는데 그래도 형우가 먼저 다가와 손을 잡으며 인사를 하더라. 그동안 잘 지냈느냐고. 그래서 나도 어디 가느냐고 물으니까 형우는 어물어물하고, 자현이가 면사무소에 주민등록 등본인가 뭔가를 떼러 간대. 그러면 더 묻지 말았어야 하는데 두 사람이 함께 그걸 떼러가는 게 이상해 그건 무엇하러? 하고 물었단다."

"정말 그건 무엇하러?"

그러나 나 역시 묻지 말았어야 했다.

"고등학교 입학시험 원서를 내는데 그런 게 필요하다면서? 그때 내 정신 좀 봐라. 처음엔 두 사람을 내놓고 다른 사람들의 차비를 받다가 다른 사람들 차비를 다 받고 나서 다시 두 사람에게 갔단다. 쟤들은 고등학교를 간다는데 나는 중학교도 못 가 이렇게 차장을 하고 있는데 그러면 쟤들한테도 차비를 받아야지 하고. 그러니까 자현이가 미리 준비하고 있었던 것처럼 손에 들고 있던 십 원짜리 동전 두 개를 내미는데 자현이는 아무렇지 않은데 내 얼굴이 금방 빨개지고 말았다. 그러니까 형우가 내 건 내가 내야지, 하면서 주머니를 뒤져 십 원짜리 동전을 자현이에게 내밀고….”

그 얘기였던 것이다. 잘 기억나지는 않지만, 미선이가 차장을 하는 버스를 탔다고 말한 누군가가 형우일 수도 있고(그러나 우리가 아는 형우는 절대 나쁜 뜻으로 말한 것이 아닐 것이다), 그 말을 듣고 첫마디에 미선이가 차비를 받더냐고(이건 분명 나쁜 뜻이었을 것이다) 물은 누군가가 어쩌면 나일 수도 있는 일이었다. 그때 미선이뿐 아니라 같은 반 동창 중 은숙이도 차장을 했었다. 그런데도 은숙이 얘기보다 미선이 얘기가 더 많았던 것도 어쩌면 그 차비 때문이었는지 모른다.

은숙이는 후에도 꽤 오래 버스 안내양을 했다. 우추리에도 버스가 들어오던 우리 고등학교 시절엔 원주나 춘천, 정선 등으로 다니는 직행버스 안내양을 해

서로 마주칠 일이 없었고, 내가 딱 한 번 그 아이의 차를 탔던 대학 2학년 땐 서울로 오가는 중앙고속 소속의 고속버스 안내양을 했다. 그때 우리는 다 자라 미선이나 자현이 형우처럼 서로 부끄러워하거나 낯설게 대하지 않았다. 겨울방학이 되어 서울에서 강릉으로 오는 길, 은숙이는 내게 운전기사가 마시는 커피를 가져다 주기도 하고, 또 중간 둔내에서 15분간 휴식을 할 때 자기는 기사와 함께 식사를 해야 한다며 오히려 그것을 미안해하는 얼굴로 내게 햄버거와 음료수를 사주기도 했다. 아마 그 시절, 그때까지도 은숙이가 시내버스를 탔었다면 또 모를 일이다. 같은 안내양이라 하더라도 시내버스 안내양은 여전히 '차장'이라고 불렸고, 고속버스 안내양은 그해 여고 졸업 예정자들 가운데 학교 추천을 받아 몇 명씩 채용하던 시절의 일이었다. 미선이 역시 계속 시내버스 안내양을 하다가 몇 해 후 자기가 탄 고속버스 안에서 자현이나 형우를 만났다면 어린 날과는 또다른 얼굴로 두 사람을 대했을 것이다.

"참, 은숙이는 어디서 사나?"

대략은 알지만 버스 이야기가 나오니까 갑자기 미선이로부터 듣는 은숙이의 일도 궁금했다. 미선이도 내가 왜 은숙이의 일을 묻는지 알 것이다.

"그래. 그때 은숙이도 버스를 탔었는데. 나보다 먼저 타고 나보다 나중에까지."

"요즘은 뭘 하는데?"

"뭘 하긴. 강릉에서 살림하지. 개도 지금은 잘 산다. 트럭 운전을 하던 남자를 만났는데 지금은 강릉에 '강일화물'이라고 그 집에 차가 몇 댄지 몰라. 직행버스 터미널 위에 사무실하고 주차장도 넓게 가지고 있고."

"그래. 다들 잘 산다니까 좋다. 니도 은숙이도."

나는 반쯤 남은 잔을 미선이의 잔과 부딪쳤다.

"나 얼굴 빨갛지 않지?"

얼굴은 빨갛지 않지만 그래도 눈가로 조금씩 연한 기운이 모여드는 얼굴로 미선이가 물었다.

"그래, 괜찮다. 그런데 넌 언제 서울로 올라왔는데?"

"나?"

"그럼 니말고 여기 또 누가 있다고?"

"정수야."

"왜?"

"나 오늘은 아무 얘기나 다 해도 되지?"

"그래. 니가 하고 싶으면."

나는 다시 미선이의 잔을 채워주었다.

"그날 자현이하고 형우를 만나던 날, 나 숙소에 와서 얼마나 울었는지 몰라. 아마 니가 그 차를 탔다고 해도 나 차비 받으러 갔을 거야. 니가 자현이하고 같이 그 차를 탔다면…. 아니야, 자현이가 아니라 다른 여자 아이라도 마찬가지였을 거야. 그런데, 그게 그렇게 못나고 싫은 거야. 내가 꼭 그렇게 못 배우고 못난 티를 냈어야 했는가 싶은 게 말이지. 어차피 자연스럽지 못하더라도 받을 거면 처음부터 받을 것이지 나중"

에 다시 가서 그게 무슨 짓인가 싶기도 하고, 그러니까 내가 남들처럼 중학교도 못 가고 이 짓을 하나 싶기도 하고…. 그때 다시 다가갔을 때 자현이가 준비하고 있듯 손에 돈을 들고 있었던 것도 그런 내 속을 처음부터 알았던 것 같기도 하고, 또 그렇게 자현이가 돈을 내고 내가 그 돈을 받고 하니까, 더구나 형우까지 자기 차비는 자기가 내겠다고 그러니까 마치 형우가 자현이 편을 들어 그러는 것처럼 자현이와 형우가 한 편이 되고 나혼자 이쪽 편이 된 것처럼 외롭고 서럽기도 하고…."

"그런 건 아니었겠지. 자현이가 니한테 형우 차비까지 내주니 형우가 니 앞에 안 좋아 보이니 그랬겠지. 형우는 어릴 때도 그랬잖아. 늘 먼저 남을 살피고."

"그래, 나도 그랬을 거라는 거 알아, 형우면. 듣기 싫지? 이런 말…."

"괜찮아. 이제까지 가슴속에만 넣어두고 한 번도 하지 않았을 말인데 뭐."

"그래. 한 번도⋯. 우리 아 아버지한테도 하지 않은 말이다. 꼭 그 일 때문에 차장 그만둔 건 아니지만 다음해 봄 차장을 그만두고 우리 옆집 금자 언니를 따라 서울에 올라왔던 거야. 금자 언니가 '요꼬'라고 지금 말하면 니트 비슷한 걸 짜는 공장에 있었거든. 그래서 나도 시집갈 때까지 오 년 동안 죽자사자 요꼬쟁이를 했었고. 우리가 추석 때 석준이 집인가 형우 집에 다 모였던 해 겨울까지. 아니지. 그러다 다음해 봄 우리 아 아버지하고 결혼하고 나서도 한 해는 더했던 것 같다. 우리 큰아 낳기 전까지는."

그 말을 할 때 미선이는 옛날의 그 시절을 생각하듯 어린 얼굴을 지어보였다. 정말 이 아이들이 어떻게 살아오고 어떻게 커온 지즈바들이고 간나들인데. 진심으로 그런 미선이를 다시 한번 위로하고 싶었지만, 나의 그런 섣부른 위로가 이미 스스로 치유를 끝낸 옛상처를 다시 건드리지는 않을까 싶어 가만히 마주 얼굴을 바라보기만 했다.

"뭘 그렇게 보는데?"

"그냥. 니가 잘 살아온 게 고마워서….."

그러나 그다음 미선이가 꺼낸 말은 또 뜻밖의 것이었다. 동창중의 한 친구 얘기를 꺼낸 것이니 아주 뜻밖의 얘기라고는 할 수 없지만, 그러나 이렇게 두 사람이 마주 앉은 술자리와는 어울리지 않는 아까도 잠시 내가 이름만 듣고도 어색해했던 영욱이의 얘기를 다시 꺼낸 것이었다.

"니도 잘 알재?"

"그래. 미리재 밑에 살던….."

대답을 하면서도 나는 왜 미선이가 다시 영욱이 얘기를 꺼낼까 생각했다.

"걔가 죽은 지도 벌써 23년이 되네. 우리 열아홉 살 때 죽었으니까."

"벌써 그렇게 됐나?"

"시방 우리 큰아 나인데. 왜 죽은지도 알재?"

"그때 대충 얘기는 들었다. 어떤 여자 때문에 그랬

다고….”

　내 기억이 맞다면 그해 늦은 가을의 일일 것이다. 얼마 전 추석 때에도 집에 다니러 왔던 영욱이가 서울에서 약을 먹고 스스로 목숨을 끊었다고 했다. 그래서 영욱이 아버지와 형이 가을걷이를 하다 부랴부랴 서울에 다녀왔는데, 우리로선 자세한 얘기는 듣지 못하고 그냥 사귀던 여자 때문에 그랬다는 말만 들었다. 그때 함께 학교를 다니던 누군가로부터 그 말을 듣는 순간 나는 지난번 추석 때 보았던 영욱이의 마지막 모습을 떠올렸다. 그해 추석에도 몇몇 동창들이 모였는데 그중 영욱이가 가장 멋쟁이였다. 학교를 다니는 우리 중의 몇은 아직 교복 차림의 까까머리였으나 그때 영욱이는 벌써 어깨선까지 흘러내리는 장발에 조끼까지 갖춘 갈색 양복과 추석에 맞추어 자기 손으로 직접 지어 신은 게 분명할 발끝 뾰족한 갈색 구두를 신고 있었다. 얼굴도 서울 사람보다 더 서울 사람처럼 허여멀쑥했다. 몇몇 친구들 집으로 몰려다니며 뜨락과 마루를 오르내릴 때 영욱이는 자기가 일하는 제화점의 상호가 찍힌 은빛 스테인레스 구두칼을 사용하곤 했다. 새 양복과 새 구두, 그리고 추석이 얼마 지나지 않은 가을의 죽음, 그것이 잠시 나를 혼란하게 했을 뿐 더 자세한 이야기를 굳이 알려고 하지도 않았고, 또 해주는 사람도 없었다. 그보다 더 어린 나이에 저세상으로 간 여자 동창 두 명이 있긴 했지만, 아직 나이도 어린 우리 동창 중 스스로 그렇게 목숨을 끊은 아이가 있다는 것이 그저 놀랍고 신기할(그래, 어쩌면 그럴 수 있을까 하는 생각에 놀라움보다 신기함이 더 컸을지도 모르겠다) 뿐이었다.

병신도…. 그런다고 죽는 게 어디 있나. 세상에 지 즈바가 한둘인 것도 아니고.

단지 여자 때문에 죽었다는 말 때문에 누군가 그렇게 말했을 테고, 그 말을 들은 나 역시 그렇게 생각했을 것이다. 스스로 목숨을 끊을 만큼 모진 마음을 먹은 것이라면 우리가 모를 사연이 따로 있었겠지만, 가

족이 말해주지 않는 그 사연을 알았다고 해도 우리들 입에서 나올 말 역시 그 일에 대해 비슷한 또래의 자식을 둔 부모들이 내뱉던 경계의 말 그대로였을 것이다. 그리고 우리는 코앞에 다가온 대학 입시 때문에 더욱 빠르게 그 일을 잊었을 것이다.

"니, 나하고 영욱이가 육촌간인 거 알재?"

"거기까지는 모르고 그냥 친척인 건 안다. 영욱이 집이 느 큰집인 건."

"그래. 우리 할아버지하고 영욱이 할아버지가 형제 간이다. 나이는 같지만 내가 영욱이보다 누나고."

"남자 중엔 아직 걔 하나다. 우리 동창 중에."

"나보다 한 해 먼저 서울에 왔는데, 올라와선 그때까지 신발 만드는 집에 있었고. 같이 서울에 와 있어도 그동안 밖에서만 몇 번 봤지 공장엔 한 번도 찾아오지 않더니 그 일 치르기 바로 며칠 전에 우리 공장을 찾아왔더라. 그러니 어떠하나. 밥이라도 한 끼 사 먹이려고 금자 언니한테 돈까지 꿔가지고 식당에 갔더니 밥은 싫고 술을 사 달라고 그러더라. 다른 때 같으면 니가 지금 뭔 술이냐고 야단을 쳤을 텐데 얼굴을 보니 그러자고 꼭 작정을 하고 온 사람 같은 게 그럴 념도 아닌 것 같고 해서 뜨신 국을 놓고 소주 한 병을 시켰는데, 국엔 숟가락도 안 대고 그 술 한 병을 혼자 다 비우는 거야. 왜 그러냐니까 있던 제화점 그만뒀다면서 말이지. 주인하고 싸웠냐니까 아니라고 그러고, 다른 데 옮기려고 그러냐니까 아니라고 그러고, 그럼 집에 뭔 일이 있냐니까 그것도 아니라고 그러고. 답답해서 배길 수가 있어야지. 그래서 오늘은 야근이고 뭐고 니 얘기부터 좀 듣자 하고 앉았는데, 그동안 집안이라고 해도 나이가 같으니 어릴 때부터 죽 니니 내니 이름을 부르며 지내다가 그날 처음으로 누야, 나는 아무래도 죽어야 할 것 같애 그러잖아."

"대체 왜 그랬는데?"

"어릴 때부터 걔 생긴 게 좀 좋았나. 거기다 서울 물 먹고 하니 더구나 허여멀쑥한 게 어디 차리고 나서면 동창이라고 해도 느들보다 두세 살은 위로 보이고. 얘기를 들으니 그 전해부터 사귀던 여자가 있은 모양이야. 여자 나이도 우리보다 두 살 위고 말이지."

"그래서 헤어졌던 거구나."

나는 우선 두 살 위라는 여자의 나이에 그 이유를 맞추었다. 그러나 미선이는 아니라고 했다.

"그거 봐라. 느들은 잘 모르잖아. 나는 여자가 있었다는 얘기를 들으니 척하고 바로 알겠던데. 느들 말대로 그거라면 차라리 낫지. 그래서라면 나중에라도 다시 나이 맞추어 여자를 사귀면 되니까."

"그럼 왜?"

"얘기를 해도 느들은 잘 모를 거야. 나나 영욱이는 초등학교만 나오고 말고, 그 여자는 그래도 고등학교를 다니다 말았다니까. 처음엔 영욱이 인물에 반했다 해도 나중엔 배운 게 그게 아닌 줄 알았겠지. 같이 길을 다녀도 영어로 된 간판 하나를 제대로 읽을 수 있나, 신문을 한 장 제대로 읽을 수 있나. 눈을 뜨고 다녀도 반 장님이나 마찬가진데 그런 남자 싫다고 헤어지자는 여자 탓할 일도 아니고. 다른 게 싫다면 여자가 싫어하는 거 고치면 되고 앞으로 안 그러면 되지만 다른 것도 아니고 배운 게 없어 싫다는데."

그거였구나. 그래서 열아홉 살에 스스로 목숨을 끊을 모진 마음을 먹은 거였구나.

나는 혼자 묵묵히 잔을 들었다. 그러면 사람들은 그런다. 그것도 뒤늦게라도 배우면 되는 것 아니냐고. 그런 사람들도 많지 않느냐고. 그러나 그럴 처지조차 되지 못하는 사람들도 있는 것이다. 이 아이들은 그랬다. 어린 몸으로 서울에 올라와 저임에 시달리며 밤늦게까지 일을 해야 했고, 그렇게 번 돈으로 동생들을 가르쳐야 했다. 그런 마음을 먹기도 쉽지 않았겠지만 그런 마음을 먹었다 해도 공부도 이 아이들에겐 이기심에 다름아니었던 것이다. 우리는 너무 그것을 몰랐다.

"느들이야 그렇게 말할 수도 있겠지. 사랑이 크면

그런 건 아무 문제도 안 된다고. 그래, 그런 경우도 아주 없지는 않겠지. 그렇지만 그것도 서로 처지가 비슷할 때의 얘기지 아무리 사랑이 커도 처음부터 곁에 설 수 있는 나무가 있고 곁에 설 수 없는 나무가 있는 거야. 그걸 가지고 사람 탓하고 사랑 탓할 일도 아니고."

그러면서 다시 미선이가 말을 이었다.

"그게 어떤 거냐면, 아까도 내가 술 한잔 먹은 마음에 얘기한다고 그랬지. 초등학교 6학년 때 니 옆에 앉은 은선이가 부러웠다고. 그렇지만 그건 초등학교 다닐 때까지의 마음이야. 니가 공부를 잘하고, 또 느 집이 내 도시락을 싸 보낼 만큼 잘 살아도 우리는 같은 교실의 초등학생이었으니까 나 혼자 마음속으로라도 널 좋아할 수 있었던 거고. 그러다 니는 중학교에 가고 나는 못 가고 그러면 그 다음엔 내 마음이 달라져. 내가 먼저 마음만이라도 곁에 설 수 없는 나무라는 걸 알게 돼. 그때 영욱이도 그 얘기를 하더라. 그때 우리

반 남자 아이들 거의 다 그랬지만 영욱이도 자현이 좋아했었다고. 그렇지만 초등학교를 졸업하고 그게 벌써 1년이 지나고 2년이 지나니까 마음속으로는 여전히 그 아이를 좋아하고 있는데, 아직 어린 마음이지만 자기가 먼저 자기를 타이르게 되더래. 그런데 다시 그런 여자를 만나 가지고. 동네에 소문이야 여자 때문에 죽었다고 났지. 그렇지만 꼭 여자 때문에 죽은 것만은 아니야. 나는 그걸 알아. 그날도 영욱이가 사귀던 여자 얘기보다 우리가 제대로 하지 못한 공부 얘기를 더 많이 했으니까. 그래서 남보다 힘들게 일찍 서울 올라와 남보다 힘들게 구두 만드는 기술 배워가지고….”

잠시 전만 해도 연한 빛깔로 물들었던 미선이의 눈가가 다시 거기에 꽃물을 들이듯 붉어졌다. 아래로 흐르지는 못하고 눈동자를 따라 핑 돈 눈물이 분홍색 작약꽃 같은 꽃물 속에 반짝였다.

생각하면 어린 날 이 아이들에게 나는 얼마나 많은 죄를 짓고 살아온 것인가. 네겐 내가 어린 날의 첫사랑이어도 그것을 전혀 몰랐던 죄, 아니, 알았다 해도 의식적으로 그것을 밀어내며 무관심하려 했던 죄, 너희들의 가난을 너희들의 당연한 몫으로 생각했던 죄, 너희들의 아픔보다 우리들의 작은 차비를 더 큰 관심으로 여겼던 죄, 그래서 마침내 한 친구의 죽음조차 그렇게 받아들였던 죄, 나는 나도 모르는 사이 그런 죄를 지었던 것이다.

"미선아."

"왜?"

그러나 그 다음 할 말이 없었다. 나는 상에 남아 있는 술을 내 잔과 미선이의 잔에 똑같이 나누어 따랐다.

"옛날처럼 더 높이 뛰어. 더 멀리 뛰고."

"그래. 니도 늘 건강하고…."

다시 미선이의 눈가에 물기가 반짝였다. 그러다 어느새 내 마음 안으로 스며드는 그 물기 속에 이제까지 몰랐던 참으로 오래된 사랑 하나 그 안으로 함께 스며

드는 것을 느꼈다. 어린 날, 내가 미처 보지 못했던 아름답고도 안타까운 사랑 하나 그 자리에….

친구의
아내

며칠 째 자동차 브레이크가 밀리는 기분이었다. 그러나 딱히 그렇다고 말할 수도 없었다. 처음엔 운전석 시트가 나도 모르는 사이 뒤로 밀려나 무릎과 페달 사이의 거리가 멀어져 그런 게 아닌가 생각했다. 전에는 액셀러레이터를 밟고 있는 발을 왼쪽으로 옮겨 브레이크 페달에 살짝 얹는 것만으로도 웬만한 속도들은 그대로 제동이 걸리는 듯한 느낌이었는데 지금은 뭔가 조금은 다른 것 같았다. 무언가 힘을 주어 밟는다는 생각으로 밟아야지 자동차가 멈추는 것 같았다. 그리고 그렇게 밟는 것도 페달 쪽에서 적당한 탄력의 반

발 같은 것이 느껴져야 하는데 마치 늪에 발을 댈 때처럼 쑥 하고 들어가듯 페달이 밟히는 것이었다.

그냥 단순히 내 기분이 그런 것인지 아니면 제동 장치의 어느 부분이 느슨해져서 그런 것인지 통 감을 잡을 수가 없었다. 브레이크를 밟으면 그 브레이크가 별다른 탄력도 없이 아래로 푹 꺼져 밀려들어가는 듯한, 그래서 불안한 것도 불안한 것이지만 왠지 이 기계들이 불온한 마음으로 나를 대하는 듯한 꺼림칙한 느낌을 지울 수가 없었다. 브레이크가 아주 안 먹혀드는 것도 아니고, 그렇다고 전처럼 적당한 긴장의 반발과 탄력이 느껴지는 것도 아닌, 좌우지간 뭔가 이상한 기분인 것만은 틀림없었다.

그러다 그날 오후 결정적으로 서점에 나갔다가 들어오는 길에 그렇게 과속도 하지 않은 상태에서 저 멀리 파란불에서 노란불로 바뀌는 신호등을 보고 브레이크를 밟았는데, 무언가 이건 밀리는 거다 하는 느낌 속에 브레이크 페달이 한없이 아래로 꺼져드는 것이었다. 가까스로 건널목 앞 흰색 정지선에 자동차가 멈추긴 했지만, 만약 앞차가 있었다면 그대로 그 차의 꽁무니를 박고 말았을 것이다. 정신을 차렸을 때 계기판 한중간의 브레이크 경보 등에 붉은 불이 들어와 있었다. 그건 평소 주차를 할 때 사이드브레이크를 올렸을 때에나 들어오던 불이었다.

이러다 큰일 나지.

등판에 식은땀이 좍 흐르는 기분이었다.

겨우 엉금엉금 기다시피 집까지 자동차를 끌고 온 다음 은봉이에게 전화를 했다. 전에 전화번호를 적어주며 낮엔 이리로 전화를 해, 하고 말하던 그의 자동차 정비소 전화번호였다. 처음엔 종업원이 받았다. 박은봉씨를 부탁한다고 하자 종업원은 낯선 이름을 들은 것처럼 잠시 머뭇거리다가 사장님이요? 하고 되물었다.

나는 그렇다고 말했다.

"잠시만요."

그러고도 한참 후에야 은봉이가 전화를 받았다.

"여보세요."

"나, 정수다."

"정수? 우리반 정수 말이지?"

"그래."

"웬일로? 작가 선생이 우리 가게에 다 전화를 하고."

나는 자동차 이야기를 했다. 서점에 갔다 오는 길, 브레이크가 밀려서 하마터면 사고를 낼 뻔했다고. 며칠 전부터 그런 기분이었는데, 오늘 기어이 그러고 말았다고.

"지금도 계속 그래?"

"계속 그런지 안 그런지 모르지. 그 다음엔 엉금엉금 기다시피 왔으니까."

"자동차나 햇아(아기)나 좀 이상하다 싶으면 그건 이상한 거야. 지금 가지고 나와. 내가 손을 봐줄 테니까."

은봉이는 가게 위치를 알려주었다. 같은 신도시 중
에서도 중산마을에 있다고 했다. 찾기는 쉬울 것 같았
다. 은봉이는 자기 가게까지 나오는 동안 속도를 내지
말고 신호등 앞에서는 미리 브레이크를 밟으며 오라
고 말했다.

　　가게는 그곳의 대단위 아파트 단지 입구에 위치해
있었다. 〈승일 카센터〉. 가게 이름이 그랬다. 내가 도
착했을 때 은봉이는 기름때가 묻은 푸른색 정비복을
입고 종업원과 함께 중형 승용차 한 대를 손보고 있었
다.

　　"안에 들어가 잠깐만 기다려라."

　　"밖에서 기다리지 뭐."

　　"우리 가게 안도 구경하고."

　　그래서 나는 사무실 안으로 들어왔다. ㄱ자로 소파
가 놓여 있었고, 타이어와 핸들 커버 등 이런저런 자
동차 용품들이 앞면의 유리창을 제외하곤 삼면 가득
층층이 놓여 있었다. 아주 큰 규모는 아니었지만 전에

다니던 동네 정비소들보다는 조금 더 규모가 큰 것 같았다. 나는 그런 자동차 용품들 가운데 내게 더 필요한 것은 없는가 다시 한번 찬찬히 그것을 살펴보았다.

"그래, 어떻게 지냈나?"

잠시 후 은봉이가 사무실 안으로 들어왔다.

"그냥 잘 지냈지 뭐. 어디 나다니는 직업도 아니니까."

"가게가 좁지?"

"넓은 거 아닌가? 이만하면."

"그냥 이렇게 밥 먹고 산다. 그동안 옛 친구가 가까이 있는지 없는지도 모르고."

"그건 나도 마찬가지지. 니가 옆에 사는지도 모르고."

"그래도 니는 다른 친구들하고는 서로 연락하고 그랬잖아. 뭐 좀 마실래?"

"아니. 나 술 말고는 중간에 뭘 잘 안 마신다."

"그래도 여기까지 왔는데."

그러면서 은봉이는 냉장고를 열어 그 안에서 박카스 한 병을 꺼내 내게 밀었다.

　"친구가 와도 뭐 대접할 것도 없고."

　나는 은봉이가 주는 박카스를 마셨다. 그걸 마시고 밖으로 나가 나는 다시 한 번 은봉이에게 며칠 동안 느꼈던 브레이크 페달의 감각과 아까 길 중간에서 겪었던 황당한 일에 대해서 말했다.

　"겁도 없네, 이게. 그러면 진작 가지고 나왔어야지."

　"그렇다고 브레이크가 안 듣는 것도 아니고 말이지."

　"자동차라는 게 참 이상해. 자동차를 운전하기만 할 땐 큰 차를 끄는 사람과 작은 차를 끄는 사람, 혹은 새 차를 끄는 사람과 헌 차를 끄는 사람, 그런 식으로 두 종류의 사람밖에 안 보이는데 정비공장을 하면 또다른 식으로 두 종류의 사람밖에 안 보이거든."

　"어떤 식으로?"

"잠시 전 니가 올 때 내가 손보고 있던 차 봤지?"

"그래."

"자동차라는 게 사실은 사람 편하자고 있는 물건인데, 아까 그 사람처럼 오히려 사람이 자동차를 모시고 사는 경우와 말 그대로 자동차가 사람을 모시고 사는 경우 그렇게. 아까 그 사람은 툭하면 여기 온다. 눈에 잘 띄지 않는 흠집을 가지고도 오고, 이것저것 악세사리를 바꾸러도 오고. 어떤 때 보면 저 사람은 자기 자동차가 아까워 그 차를 놔두고 다른 차를 타고 다니지 싶을 만큼 말이지. 그렇게 되면 자동차가 있어서 사람이 편한 게 아니라 그 자동차 때문에 오히려 사람이 불편해지거든. 잠시 전에도 뒷 범퍼에 조금 긁힌 자국이 있는 걸 가지고도 자동차가 다 망가진 것처럼 여기 쫓아와 야단을 떨고."

나는 그 구분이 참 재미있다고 생각했다. 실제 주변을 봐도 그런 것 같았다. 자동차 정비사다운 사람 구분법이었다.

"그런데 그보다 더 안 좋은 게 바로 너 같은 경우야. 자동차라는 게 늘 지 목숨 맡기고 다니는 물건인데, 그러면 중간중간 점검도 하고, 조금이라도 이상하다 싶으면 얼른 찾아오기라도 해야지 꼭 된변을 봐야지만 정비소 찾아오는 사람들 말이지."

　"듣고 보니 욕이네."

　"그럼 뭐 칭찬인 줄 알았나? 하루라도 오래 살려고 담배도 끊고 보약도 먹고 하면서 오늘이라도 당장 지 목숨 데려갈 수도 있는 자동차에 대해서는 또 개판으로 관리하는 사람들이 얼마나 많은데."

　그러면서 은봉이는 내 자동차에 올라 시동을 걸고 몇 가지 이런저런 점검을 해보다가 그걸 끌고 도로로 나갔다. 나는 옆에 다른 차의 손을 보고 있는 종업원에게 손님이 많느냐고 물어보았다.

　"저쪽 시내 쪽에 큰 정비소 몇 개가 생기는 바람에 다들 손님이 없다고 난린데 그래도 여긴 괜찮아요. 예전만은 못하지만 아파트 단지 앞이라 위치도 좋고요."

친구의 아내

그러고 보니 손을 보기 위해 대기하고 있는 자동차도 여러 대 보였다. 그 중엔 대형 트럭도 한 대 있었다.

"저런 것도 여기서 손을 봅니까?"

"사실 저런 건 큰 공장에 들어가야 하는데, 거기 들어가면 며칠 걸리고 하니까 사람들이 그냥 여기로 끌고 오는 거지요. 저쪽 공사장에 드나드는 자동차들인데, 사장님이 옛날 제무시(GMC) 시절부터 큰 차 손보면서 끌고 다녀 웬만한 건 여기서도 다 고치거든요. 그런데, 우리 사장님하고 정말 친구분이세요?"

나는 그렇다고 말했다.

"그러면 아저씨가 쓴 책 좀 가지고 나오지 그러셨어요? 사장님 우리한테 날마다 자랑하시는데. 아까 전화받으신 다음에도 그러셨고요."

듣고 보니 정말 그렇게라도 할 걸 그랬다는 생각이 들었다. 아까는 너무 정신이 없었다. 은봉이야 늘 바쁘니 읽을 사이가 없어도 지난번 얘기하던 고등학교

2학년 된 아들은 이제 그런 소설들을 읽을 나이가 된 것이었다. 자동차 뒷유리 아래에 얼마 전에 나온 책 한 권을 늘 놓아두고 다니긴 하지만 그것도 벌써 몇 달 전에 놓아둔 것이라 햇볕에 표지가 많이 바래 있었다.

은봉이는 자동차를 끌고 나간 지 10분쯤 후에 돌아왔다.

"자동차 운전을 해보니 너도 성질 좋은 편은 아니네."

"왜?"

"평소 운전할 때 늘 급출발하고 급제동 걸고 그러지? 앞에 빨간 불이 들어와 있는 걸 보면서도 길이 조금만 빤하면 확 밟았다가 확 멈추고."

"그래."

"만 오천 킬로미터를 뛰었으면 아직 브레이크 라이닝을 갈 때가 아닌데, 라이닝을 갈아야겠다. 앞으로 길에서 성질 좀 줄이고. 사람도 차를 잘 만나야 하지만 차도 사람을 잘 만나야 하거든. 그러잖으면 서로 고생 끝에 원수지는 물건이 바로 저거니까."

은봉이는 내게 안에 들어가 기다리라 하고는(아는 사람이 옆에서 지켜보면 일손이 뜬다면서) 혼자 내 자동차를 손보았다. 신문을 보며 바라본 창문 밖으로 은봉이는 자동차의 바퀴 두 개를 뺐었다가 다시 끼우는 것 같았다. 30분쯤 지나 은봉이가 다시 가게 안으로 들어왔다.

"다 고치긴 했는데, 모처럼 나왔으니 술 한잔하고 들어가야지."

은봉이는 장갑을 벗어 한쪽 선반의 빈칸에 올려 놓으며 말했다.

"이제 괜찮은 거야?"

"그렇게 걱정되면 이제부터라도 무슨 일 있기 전에 틈틈이 점검도 좀 하고. 바쁜 일 있는 건 아니지?"

"그런 건 아닌데, 술을 하든 뭘 하든 편하게 자동차를 갖다놓고 나서 뭘 하자. 집도 멀지 않고, 우리 마누라도 저녁 때 자동차를 쓸 일이 있다고 그러니까."

예전 강릉에서 학교를 다닐 때 어른들이 그런 말을
했다. 여긴 무슨 동네가 마누라 없이는 살아도 장화
없이는 못 살겠다고. 주로 외지에서 전근 온 선생들이
그랬다. 여름보다 겨울철이 더 심했다. 시내 중앙통
말고는 도로 포장이 제대로 된 데가 없는데다 한 번
눈이 오기 시작하면 그 눈이 봄날 때까지 길을 녹였다
얼렸다 하여 더욱 그랬던 것인지 모른다. 그 말을 나
는 20년도 더 지난 다음 일산에 와서 다시 떠올렸다.
어느 날 아내가 그렇게 말했다. 여기선 자동차 없이
는 하루도 살 수가 없네요. 그래서 나는 그 말을 남편
없이는 살아도 말이지? 하고 되받았다. 이사를 온 곳
이 아파트나 빌라 같은 공동주택 단지가 아니라 더욱
그랬을 것이다. 동네에 작은 구멍가게조차 없어 배추
한 통을 사러 나가는 것도, 은행에 나가는 것도, 하다
못해 건전지 하나거나 진통제 한 알 사러 나가는 것도
십분씩 걷지 않으면 꼭 자동차를 이용해야 했다. 전에

서울 아파트에서 살 땐 보름 가까이 자동차의 시동조차 걸 일이 없어 유리창에 먼지가 뿌옇게 쌓이던 때도 있었다.

"그럼 그쪽으로 나가서 한잔하거나. 지난번엔 밤이라 제대로 못 봤는데, 너 사는 동네도 한 번 더 보고."

"이렇게 일찍 끝내도 돼?"

"늘 이러면 안 되지. 오랜만에 귀한 손님이 왔으니 어쩌다 한 번 그러는 거지."

시계를 보자 네 시가 조금 넘은 시간이었다.

"이 녀석이 왔나 모르겠네."

은봉이는 혼잣소리를 하며 어디론가 전화를 걸었다.

"안 받는 거 보니 아직 안 온 모양이구만."

그러면서 다시 은봉이는 한참 더 전화를 들고 있다가 거기에 자신의 메시지를 남겼다.

"승일이 아직 안 왔구나. 아버진데, 아버지 오늘 좀 늦을 것 같다. 전에 아버지가 얘기했지? 아버지 초등학교 동창이 일산에 산다고. 그 아저씨가 찾아왔어. 그러니까 오늘은 너 혼자 저녁 챙겨 먹어야겠다. 귀찮다고 또 굶지 말고. 아버지는 아마 밖에서 저녁을 하고 들어갈 것 같다. 밖에 나갈 일이 있으면 문단속 잘 하고 나가고. 그럼 이따가 들어가서 보자."

아이의 이름이 승일이고, 정비소 상호가 '승일 카센터'였다. 나는 아이에게 스스로 아버지라고 말하는 아빠를 참으로 오랜만에 보았다. 고등학교 2학년쯤 되는 사내 아이면 당연히 그렇게 불러야 되는 게 아닌가 하는 생각이 들긴 해도 실제로 내 주변에 그렇게 부르는 아이도 아빠도 없었다. 곧 군에 갈 대학생 아이를 둔 선배들도 집에 전화를 걸어 아이가 받으면 첫마디에 응, 아빤데, 였다. 큰 아이가 중학교 2학년인 나 역시 그 아이가 대학생이 된다 해도 크게 달라질 게 없을 것 같았다. 그러다 그 아이들이 군에 갔다오고, 또 결혼을 하게 되면 그때에나 비로소 아버지 소리를 듣게 될지도 모를 일이었다.

그리고 또 하나 은봉이의 전화를 옆에서 듣는 동안 궁금한 것이 은봉이 아내에 대한 생각이었다. 어떻게 들으면 집안에 아내가 없다는 말로도 들리고, 또 어떻게 들으면 잠시 집을 비우고 있거나, 이제 아이가 큰 만큼 따로 부업을 가지고 있어 저녁 늦게나 들어온다는 말처럼 들리기도 했다. 그러나 궁금해도 그것을 물어보지 못했다.

"아이 이름이 승일이라고 했나?"

"그래."

"가게 이름하고 같구만."

"뭐 마땅히 정할 게 있어야지. 그래서 서울에서 가게를 여기로 옮기면서 아이 이름으로 바꾼 거다."

"그럼 잠시만 기다려라. 내가 뭘 좀 꺼내올 게 있어서."

"그래. 그동안 나 옷 갈아입고 있을 테니까."

나는 바깥으로 나가 자동차 뒷유리 아래에 놓아둔 책을 꺼내 왔다. 비록 햇빛에 표지가 바랜 것이긴 하지만 그 책이라도 아이에게 전하고 싶었다.

　"미처 준비를 해오지 않아 이것밖에 없다. 표지도 좀 바래고."

　나는 거기에 아이의 이름과 내 이름을 쓴 다음 그 아래에 사인을 했다.

　"우리 승일이 녀석이 좋아하겠구만. 지난번에도 내가 니 얘기를 하니까 이 녀석이 나보다 니를 더 잘 아는 거 같더라구. 나야 니를 어릴 때 친구로만 알지 바쁘다 보니 니가 쓴 책 한 권 읽은 적도 없고 하니까. 이 녀석은 니가 쓴 책도 봤다고 그러고."

　"학교에서 늘 늦게 오는 모양이지?"

　"뭐 아주 늦게 오는 건 아니고. 내 형편이 이러니 남들처럼 제대로 신경써 뒷바라지를 할 수 있나 뭘 할 수 있나. 나는 나대로 종일 이거 하느라 정신이 없고, 그 녀석은 그 녀석대로 학교 다니느라 정신이 없고. 밤에나 겨우 서로 얼굴 보고 산다."

　"어느 학교 다니는데?"

"다니기도 좀 멀어. 저기 백석마을에 있는 학굔데 아침 저녁으로 버스를 타고 다녀야 하니까."

"그럼 백석고등학교?"

"응. 어쩌다 거기 들어가긴 했는데….""

고교 평준화 지역인 서울과는 달리 아직은 자기가 들어갈 고등학교를 선택해 입시를 치루는 이곳 신도시에서 신도시에 있는 중학교뿐만 아니라 도내 각처에서 수재들만 모여든다는 바로 그 고등학교였다.

"공부를 잘하는가 보구나. 우리 애 얘기를 들으니 반에서 1, 2등하지 않으면 거기 원서도 써주지 않는다고 하던데."

"중학교 땐 잘하는 거 같더니 거기 가선 썩 잘하는 편도 아닌가 봐. 남들은 죄다 과외다 뭐다 하는데 내가 제대로 신경 못쓰니 저 혼자서만 애쓰는 것 같고. 저는 집에서 혼자 공부를 하는 게 낫다고 하지만 그 말이 나한테 좋게만 들리지는 않는다."

"왜? 어른스럽구만."

"지가 먼저 애비가 어떻게 돈 버는지 알고 하는 얘기 같아서 말이지. 어쩌다 여기 나와 봐도 애비라는 게 기름 강아지처럼 하고 앉아 있으니 지 마음도 그럴 테고."

　그쯤에서 나는 다시 아이 엄마는? 하고 묻고 싶었지만 이번에도 그냥 입을 다물고 말았다. 아무리 경기가 예전 같지 않다지만 그래도 종업원 둘을 두고 있는 자동차 정비업소였다. 아내가 따로 밖에서 돈을 벌지 않는다 하더라도 그 정도는 바깥 벌이만으로도 충분할 것처럼 보였다.

　가게를 나와 은봉이는 종업원에게 몇 가지 뒷일을 부탁하곤 내 자동차로 와 조수석 문을 열었다. 중산마을에서 일산 시내로 들어오는 다리를 건너며 나는 이렇게 만난 김에 멀리 갈 것 없이 우리집에 가서 한잔하자고 했다. 어차피 자동차를 갖다놓으러 집으로 가는 길이었다. 아내가 저녁 때 자동차를 쓸 일이 있다는 것도 어디 멀리 갈 일이 있어서라기보다 시내로 나가 집안에 필요한 물건 몇 가지를 사가지고 오는 것 정도여서 잠시 손님을 앉혀놓고도 얼마든지 할 수 있는 일이었다.

"그럴 거면 안 따라왔지."

"왜?"

"집에서 부담스럽잖아. 아무 얘기없이 갑자기 들이닥치면. 나도 준비 없이 왔고."

"준비는 무슨. 친구 집에 가는데. 서로 사는 형편도 둘러보고."

"그래도 그렇지가 않아. 니 같으면 평소 인사도 없이 지내다가 갑자기 그렇게 가자면 갈 수 있겠나? 거기다 여자 동창 이야기까지 나오고 하면 말하는 우리도 불편하고, 듣는 니 처도 그럴 테고 말이지."

하긴 그렇기도 할 것이었다. 은봉이와 함께 집 앞까지 왔지만 집 안엔 들어가지 못하고 바로 큰길 밖으로 다시 나왔다. 아내도 집 앞에서 어색한 모습으로 은봉이와 인사를 했다. 우리가 찾는 맥주집은 일반 주택가

와 아파트 단지 사이의 상가 2층에 있었다.

"저기 있네, 호프집 하나."

그곳에서 우리는 술을 시켰고, 저녁 요기를 겸한 안주를 시켰다. 그러면서 나는 조금 놀랐다. 그곳 여자 종업원이 가져다준 메뉴판을 보고 은봉이가 거기에 알파벳 철자로 적힌 외국의 맥주 이름들을 너무도 자연스럽게 읽어내며 그 중의 하나를 주문하던 것이었다. 그 모습을 보며 나는 배우지 않았어도 세상을 살아가는 동안 저렇게 자기 자신을 닦아가기도 하는구나 하는 생각을 했다. 그게 어린 날 스스로 목숨을 버린 영욱이와 이제 마흔이 넘은 은봉이의 차이인지도 몰랐다. 그때까지만 해도 나는 그렇게 생각했다. 이 세상에서 가장 큰 가르침은 바로 나이가 가르쳐주는 것이라고.

"니는 몇 살에 결혼했나?"

술이 나오고 잔을 채운 다음 은봉이가 물었다.

"스물일곱 살에. 너는."

"스물네 살에 했다."

"우리 동창들 만나면 다들 그렇게 빠르더라구. 얼마 전에 미선이를 만났는데, 미선이는 스물둘에 했다고 그러고."

"미선이?"

"지난번 모임 때는 나오지 않았는데, 높이뛰기 잘하던 애 있잖아."

"아, 그 미선이. 생각난다. 늘 여자 분단 뒤에 앉아 있던 애 말이지. 키도 크고 몸도 날씬했던 거 같고."

"지금도 얼마나 멋쟁이인지 모른다. 다음 모임 때 나가봐라. 저런 애가 우리 동창이었나 싶은 게 말이지."

나는 지난번 서울로 나가 미선이를 만났던 이야기를 했다. 이제는 사는 모습이 예전의 미선이가 아니더라고.

"우리 동창 중엔 누가 제일 먼저 결혼했는데?"

다시 은봉이가 물었다.

"남자들은 뭐 몇 명말고는 비슷비슷하고, 여자들 중에서는 아랫말 남순이가 제일 빠르다. 열여덟 결혼을 했는데, 지난번 강릉가서 봤을 때 곧 사위본다고 그러더라. 딸애 나이가 스물세 살이라니까."

　"일찍 가면 그렇지. 우리 누나도 열아홉 살에 시집 갔는데 뭐. 가만히 보면 가난한 집일수록 결혼도 일찍 시킨다. 일만 할 줄 알면 스무 살 넘기 전에 그냥 보내 버리고 마니까."

　"누나도 있었나?"

　나는 모르는 일이었다. 강릉 시내 사람들이 가랑잎 학교라고 부를 만큼 작은 학교여서 오누이가 함께 다니거나 형제가 함께 다니면 더러 그런 모습을 보기도 했을 텐데 은봉이의 경우는 그런 모습을 본 적이 없는 것 같았다.

　"나보다 다섯 살 위라서 일이학년 때만 같이 다녔다. 그러니 느들이 잘 모르지."

　"그럼 우리 형하고 한 반이었겠구나."

친구의 아내

"아마 아닐 거다. 우리 누나는 아홉 살 때 학교 들어 갔거든. 집이 멀어 다니기 힘들다고 우리 아버지가 한 해 주저앉혀 보냈으니까. 나는 남자라고 여덟 살 때 제대로 들어가고."

"우리 땐 그런 경우 많았지. 우리반에도 한두 살 위의 애들이 더러 있고."

"학교는 늦게 보내고, 결혼은 일찍 시키고."

"아마 같은 나이여도 우리처럼 그 시절을 산 사람들도 드물 거다."

"그런데, 니 결혼식 땐 동창들도 오고 그랬지?"

그렇게 묻는 은봉이의 결혼식 땐 아무에게도 연락을 하지 못했다는 말일 것이다. 그러나 내 결혼식 때 역시 그랬다. 은봉이는 연락을 할 수 없어 그랬다지만 나는 연락을 할 수 있는데도 어쩌다 그렇게 되고 말았다. 속이지 않고 얘기한다면, 그때는 거기까지 미처 생각이 닿지 않은 것이었다. 친구라면 으레 지금 가까이 있는 사람들만 생각했고, 함께 고등학교를 다니거

나 졸업한 지 얼마 되지 않은 대학 동창들만 생각했던
것이었다.

그래서 시골 친구들에겐 그때 함께 서울에서 생활
하던 형우에게만 겨우 연락을 했었다. 그것도 시골 친
구라든가 초등학교 동창이란 오래된 의미의 어떤 특
별한 우정에서라기보다는 고등학교 동창이거나 대학
동창들과 다를 바 없이 그냥 가까이 지내는 친구로서
연락을 했던 것이었다. 거기다 결혼식도 강릉에서 하
지 않고 서울에서 했다.

"사실은 나도 제대로 연락하지 못했다. 너한테는 섭
섭하게 들릴지 모르겠다만 그때는 결혼을 하면서도
아직 어려서 그랬는지 지금처럼 어린 시절 친구가 귀
한 줄도 잘 몰랐고."

나는 진심으로 미안한 마음으로 말했다.

"그래. 그런 건 크면서 아는 거니까. 나는 하고 싶어
도 하지 못했고. 나한테는 동창이라고는 초등학교 동
창밖에 없는데. 또 모르지 뭐. 알아도 내 사는 꼴이 남

세스러워서 연락 안 했을지도 모르고."

"그래도 참 좋다. 이렇게 만나니까. 지난번 미선이 만날 때도 그랬는데."

나는 은봉이의 잔에 내 잔을 부딪쳤다.

"그런데, 너는 여기 일산에 언제 왔는데?"

"지난번에 얘기 안했던가. 한 2년쯤 된다. 어디 직장 두고 출퇴근하는 것도 아니고 하니까 좀 조용한 데를 찾는다는 게 여기였다."

"나도 가게를 옮긴 지 2년 다 돼 가는데, 같은 곳에 와 살면서도 어떻게 그렇게도 몰랐는지. 신문에서 여기 일산에 글 쓰는 사람들이 많이 모여산다는 얘기는 봤어도 네가 글 쓰는 사람인지는 몰랐던 거지. 생각해 보면 어릴 때부터 너 글짓기 같은 거 잘했었는데."

"이젠 서로 사는 데 알고 또 가까이 살고 하니까 자주 보자. 자주 보지 못하면 연락이라도 자주 하고."

나는 다시 은봉이의 잔에 내 잔을 부딪쳤다.

"이러니까 꼭 가랑잎학교 가랑잎 두 개가 모여 앉은

것 같네. 이걸 보니까 더 옛날 생각이 나고 말이지."

그러면서 은봉이는 안주로 나온 훈제 족발 한 조각을 집어 보였다.

"여기 뼈에 붙은 돼지고기 껍질을 보니까 말이지."

"그게 왜?"

"우리 살던 사멩이는 느가 살던 우추리보다 더 산골이었잖아. 그래서 겨울에 장설(큰눈)이라도 내리면 마을로 멧돼지들이 몰려 내려오고 했거든. 그래서 더러 강릉 시내 총 가진 사람들이 돼지 사냥을 나오기도 하고."

"왜, 우추리 사람들도 가끔 떼를 지어 사냥가고 했는데 뭐. 총이 없으니까 긴 나무창 깎아들고."

"그런 나무창을 사멩이 사람들은 집집마다 가지고 있었거든. 단속을 하지 않던 때니까 짐승 다니는 길에 덫도 놓고. 지금이야 쇠고기도 흔하고 돼지고기도 흔하지만 그땐 어디 그랬나. 명절이 되도록 장설이 내리지 않아 산에서 돼지를 잡지 못하면 그때서야 할 수 없이 집에서 기르는 중돼지 한 마리 동네에서 잡고 했는데, 그것도 집에 돈이 있어야 제대로 사 먹고 하는 거지."

고기만 그런 게 아니었다. 먹는 것이며, 입는 것, 뭐든지 귀하던 때였다. 그리고 그런 귀함은 지금도 마찬가지인 모양이었다. 어느 어린이 신문이 하고 있는 벽지 학교 신문 보내기 운동에 참여하면서 이왕이면 하는 마음에 내가 나온 가랑잎학교에 매일 다섯 부의 신문을 보내고 있는데, 지난 크리스마스 때 그 아이들의 카드가 왔다. 그 중엔 집안에 봉투가 없어(그렇다고 당장 그걸 구할 수 있는 가게가 동네에 있는 것도 아니어서) 달력을 오려 손수 봉투를 만들고, 또 그것으로 카드를 만들어 보낸 아이도 있었다. 꼭 돈이 없어서라기보다 시절이 바뀌어도 불편한 곳에 사는 아이들은 그랬다. 그걸 생각하며 나는 잠자코 은봉이의 말을 들었다.

"집에 돈이 없다 보니 동네에서 그런 거 잡을 때면

우리 아버지가 늘 나서고 했거든. 그러면 그걸 잡은 몫으로 머릿고기 조금하고 등가죽에 붙은 비곗살 조금 얻어오는데, 그걸 김치하고 뭉턱뭉턱 썰어 솥두껑을 뒤집어놓고 들들 볶거든. 반쯤은 기름이 빠지고, 반쯤은 기름이 남은 걸 맨입에 허겁지겁 우겨넣다 보면 나중에 식구들 모두 변소에 들락날락하고 말이지.”

지난번 미선이 만났을 때 미선이도 그런 얘기를 했다. 해 짧은 겨울, 점심으로 먹는 삶은 굴암도 배불리 못 먹고 컸다고. 그렇게 한 세월을 큰 동창들이었다. 미선이도 그랬고, 은봉이도 그랬고, 하나 하나 꼽으면 동창 중 그런 아이들이 적지 않을 것이었다.

“산에서 잡은 것이든 집에서 잡은 것이든 그걸 잡고 각을 뜨면 칼 잡은 몫으로 족발도 한두 개 따라오는데, 그땐 족발도 이렇게 먹는 건 줄 몰랐던 거지. 그냥 털 그슬러 내고 한 솥 가득 물 붓고 국이나 끓여 먹을 줄 알았지. 찌개도 아니고 돼지고깃국을 말이지. 아마 알아도 이렇게는 못 먹었을 거다. 이렇게 해 놓으면 족발 하나 가지고 일고여덟 식구 누구 코에 붙일지도 모르는 일이고."

그러면서 은봉이는 어디서든 족발 먹을 때마다 아버지 생각이 난다고 했다.

"동네에서 개를 잡든 돼지를 잡든 그거 잡을 때마다 우리 아버지가 칼 들고 나서고 했거든. 그래서 처음엔 으레 우리 아버지가 그런 일을 잘해서 그러겠거니 했는데, 나중에야 알았던 거야. 거둬 먹일 식구는 많고, 그럴 돈은 없고 하니 칼 들고 나섰던 건데."

"살아 계시냐?"

나는 은봉이의 잔에 가득 맥주를 채우며 물었다.

"아니. 몇 해 전에 돌아가셨다. 예순여섯이면 요즘 나이로 그렇게 많은 것도 아닌데. 평생 고생만 하시다가. 자식들 때문에도 그렇고…."

"그럼 집은 아직 사멩이에 있나?"

"어머니만 계신다, 거기에. 니는 잘 모르지? 주봉이 밑에 내 동생 또 하나 있는 거."

"그래. 주봉이는 알아도."

"그 녀석도 집에 없고 하니까 어머니 혼자…."

나는 화제를 돌려 은봉이가 소식을 모르는 몇몇 친구들에 대한 이야기를 해주었다. 주로 지난번 모임에 서울로 올라오지 못한 강릉 친구들에 대한 이야기였다.

"나는 거기 소식은 더군다나 모른다. 아마 길에서 서로 어깨를 부딪쳐도 그냥 지나치고 말 거야. 학교 친구들 대부분 졸업하면서 못 봤으니까. 지난번 만났을 때에도 서로 이름을 얘기하니까 알지, 한 동네에서 자란 호일이도 내가 삼척으로 나간 다음엔 두세 번밖에 본 적이 없을 정도고."

"그럼 다음에 강릉 동창회할 때 내려갔다 오지 뭐."

"그래. 바쁘더라도 가게 하루 애들한테 맡기고."

그렇게 맥주 몇 병을 비워냈을 때 은봉이가 다시 자현이에 대해 물었다. 아까 강릉에 있는 친구들 이야기를 하면서도 나는 자현이 얘기는 일부러 빼놓고 하지 않았다. 미선이의 얘기라면 누구에게도 즐겁게 할 수 있지만 자현이의 얘기는 그렇지가 못했다.

"잘 살아. 애 둘 낳고."

나는 간단하게 말했다.

"강릉에서 뭐하는데?"

"아마 가전 백화점 총판을 할 거다. 크게."

이번에도 나는 간단하게 거짓말을 하고 말았다.

"정수, 너를 봐도 그렇고, 자현이를 봐도 그렇고, 나는 가끔 그런 생각을 한다."

"어떤?"

"옛날에는 그 말이 뭔지 몰랐는데, 어릴 때 안에서 대접받고 크면 커서 밖에 나가서도 대접받는다는 말 말이야. 미선이처럼 나중에 잘 된 애들도 있지만 사실 그러기가 쉽지 않거든. 어쩌다 하나씩이지. 우리 누나를 봐도 그렇고, 나나 우리 형제들을 봐도 어릴 때 집안 형편 때문에 제대로 대접받지 못하고 크면 나중에 커서도 그래. 열심히 살려고 해도 사는 게 늘 힘들고 신산스러워. 거기에 형제들 일이 이렇게 겹치고 저렇게 겹치고 하면 더 그렇고.”

“임마, 니가 어때서? 그만한 정비 공장 갖기가 어디 쉬운 일이냐?”

“내 얘기가 아니라 자현이 말이다. 어릴 때에도 집에서나 선생님들한테 늘 귀여움 받고 크더니 지금도 그렇잖아. 걔는 소식 듣지 않아도 아마 잘 살 거라고 늘 생각했다.”

나는 그 말에 아무 대답도 하지 못했다. 지난번 서울에서 만났을 때에도 은봉이는 자현이에 대해서부터 물었다. 그때 나는 여러 사람이 있는 자리에서 가능한 그 아이의 이름을 말하지 않으려 했다. 느닷없이 그 아이의 이름이 나오게 되면 누군가 그 아이의 힘들고 아픈 삶도 함께 얘기할 것 같아서 그때마다 얼른 다른 말로 돌리곤 했다. 그 아이의 신산스러운 삶에 대해 조금은 들어 알고 있기 때문이었다. 그런 우리 모두의 첫사랑인 그녀의 얘기가 다른 동창들이 모인 자리에서 아프게 얘기되는 것이 싫었다. 그리고 또 하나, 아주 오랜만에 동창회에 나온 은봉이 마음속에 간직되어 있는 어린 시절의 아름다운 추억을 깨트리고 싶지 않았다.

그러나 그때 차라리 자현이 얘기가 자연스럽게 나오도록 놔두었다면 은봉이도 지금처럼 자현이에 대해 말하지는 않을 것이다. 오래 산 것은 아니지만 삶이란 가끔 시작과는 다른 물줄기로도 흐를 수 있는 것이어서 어린 시절 그 물줄기가 그 모습 그대로 바다에 가닿지 않는다. 은봉이가 대개 그렇다고 말한 자현이의 삶은 지금 전혀 그렇지가 않았다.

그렇다고 둘만 앉은 자리에서 은봉이의 말을 다른 쪽으로 돌릴 수도 없는 일이고, 또 이제와서 그게 아니다, 하고 말할 시기도 어물어물 놓쳐버리고 만 것이었다. 나중에라도 은봉이가 그걸 알고 그때 왜 그렇게 말했느냐고 하면, 나는 그런 줄로만 알았다고 말하면 될 것이었다. 그러다 보니 시작부터 우리는 자현이에 대해 전혀 다른 모습의 그림을 그리고 있는 것이었다.

"내가 전에 복싱한 얘기는 했지?"

"그래. 도 체전 때 밴텀급으로 뛰었다고."

"그 전에도 졸업하고 나서 꼭 한 번 자현이를 봤거든. 체육관에서 보기 전에도 한 번. 그렇게 졸업하고 나서 딱 두 번 자현이를 봤다."

그 시절을 추억하는 것일까, 잔을 잡은 은봉이의 얼굴이 아까보다 조금 풀어져 보였다.

"그때 학교 졸업하고 이태 동안 아버지 밑에서 농사일 돕다가 열여섯 살 때 삼척 외가로 나가기 전날에, 아니 전날이 아니라 일요일에 일부러 느가 사는 우추리에 가봤다. 전에 학교 다니던 길로 해서. 아마 지금도 그럴 거다. 자동차로 말고 걸어다녀 보면 참 멀어, 그 길이."

"그럼 멀고말구지. 이십 리도 넘을 텐데."

"나, 이 얘기 지금까지 누구한테도 한 번 하지 않은 건데 오늘 너한테 처음 하는 거다. 그때 그 길 다시 걸어보고 싶어 갔던 게 아니라 일부러 자현이 보러 갔던 거야. 이대로 삼척 나가면 언제 여기 다시 와보나 싶은 마음이 들어서 말이지. 그래서 일요일 텅 빈 학교 운동장에도 가보고, 거기 한참 앉아 있다가 자현이 집 부근에도 가 보고."

"그래서 봤나?"

"봤다. 그렇지만 나는 자현이 봤지만, 그때도 자현이는 나를 보지 못하고. 먼 데 서서 한참 동안 그 아이가 마당에서 동생하고 노는 거 보고 돌아왔다. 그때 거기 갈 때 마음은 그렇더라구. 그러지 않으면 왠지 삼척으로 나가는 내 발걸음이 떨어지지 않을 거 같은 게 말이지."

"이제 보니 조숙했네. 그렇게 찾아다닐 줄도 알고."

"조숙해서 그런 게 아니다. 뭔가 내 가슴에 하나 담고 나가고 싶었던 거지. 그냥 먼 발치로 그 애를 보는 것만으로도 말이지. 느들은 그런 거 모를 거다."

"어떤 거?"

"느들은 한 동네 살았으니까 평소에도 아무렇지 않게 가깝게 지냈겠지만, 나는 그게 아니었거든. 더구나 그때 자현이는 중학교에 다니고, 나는 트럭 조수하러 삼척으로 나가야 하고. 그러니 거기 집 앞까지 가서도 동창이라고 떳떳하게 그 앞에 나타날 수가 없는 거지. 부끄러워 혼자 먼 발치에서 바라보기만 하다가 돌아올 수밖에."

　그 얘기는 지난번 미선이를 만났을 때, 영욱이 얘기를 하면서도 나왔다. 미선이도 내게 그렇게 말했다. 너희들은 모른다고. 그때 우리들이 가졌던 슬픔과 아픔이 얼마나 컸던 것인지. 나는 정말 너무도 그런 걸 모르고 큰 것이었다.

　"그때 집으로 돌아오면서 내 결심 하나 했다."

　"어떤?"

　"앞으로 살면서 무슨 일이 있어도 공부를 좀 하자고."

　그건 처음 듣는 얘기였다. 그렇지만 사실 은봉이는

학교 다닐 때에도 공부를 아주 잘했던 것은 아니지만 보통보다 넘게 했던 것은 틀림없었다. 아마 학교도 보다 가까운 곳에서 편하게 다니며 중학교에도 갈 생각으로 공부를 했다면 그때보다 썩 더 잘했을지도 모를 아이였다. 아니, '모를' 아이인 것이 아니라 틀림없이 그랬을 아이였다.

그래서 공부를 했냐? 하고 나는 묻지 못했다. 그냥 은봉이의 잔에 부딪쳤던 내 잔을 묵묵히 입으로 가져가며 은봉이가 다음 말을 꺼내길 기다렸다.

"나, 오늘 너 만난 자리에서 이런 얘기해도 되지?"

"그럼. 서로 살아온 얘기를 듣자는 건데."

"그래도 내 살아온 얘기 너무 표내는 것 같아서."

"괜찮아. 여럿이 있는 데서 너 혼자 얘기하는 것도 아니고. 그리고 나도 오랜만에 만난 친구가 어떻게 살아왔나, 그런 얘기도 좀 듣고 싶고."

"삼척에 나가니까 우리 외사촌이 초등학교 6학년이더라. 그래서 우연히 그 애 책상에서 산수 책을 보았는데, 학교 다닐 때엔 그게 꽤 어려운 것 같더니 몇 살 더 나이를 먹어서 그렇나 이태를 쉬었는데 그 책을 다시 보니 그렇게 어렵지 않은 것 같더라구. 그래서 그애 초등학교 책을 다시 한 번 슬슬 보면서 중학교 과정 통신강의록을 신청했다. 트럭 조수를 하며 첫 월급이라고 이천 몇백 원 받아가지고 말이지. 지금 말하면 방송통신학교 같은 건데 방송으로 강의하는 건 아니고 책하고 문제지를 보내주면 그걸 받아 공부하고 문제지를 풀어 보내면 그쪽에서 다시 다음 단원 문제지를 보내주고 하는 식으로."

그래. 참 오래된 얘기이긴 하지만 그때 그런 게 있었다. 동네에도 집안 사정 때문에 학교를 가지 못한 아이들이 더러 그런 것을 시작하기도 했다. 우리보다 두 해 위의, 학교 뒤에 살던 영규형도 그것을 신청해 공부했다. 그러나 처음 마음처럼 끝까지 그것을 마치는 사람은 보지 못했다. 모두들 집안 사정 때문에 중학교를 가지 못한 처음 몇 달만 열심히 하고, 이내 결심이 풀어져 흐지부지하고 말던 것이었다.

이번에도 나는 그것을 다 마쳤느냐고 묻지 못했다. 그것이 얼마나 힘든 일인가를 직접 해보지는 않았지만 보고 들어서 잘 알고 있기 때문이었다. 때로는 의지 때문에, 때로는 먹고 사는 일로, 또 때로는 아래 동생을 가르치는 일로 미선이도 영욱이도 하지 못했던 일이었다.

"정말 이를 악물고 했다. 자동차 조수 따라다니면서 저녁에 체육관에 나가 복싱할 때에도 그것만은 밤중까지 잠 안 자고 악착같이 말이지. 그런다고 상급 학교 갈 건 아니지만, 처음 얼마동안 그렇게 하고 나니까 나중엔 그동안 한 것이 아까워서라도 손을 놓을 수가 없더라. 그래서 4년 만에 중학교 과정을 마쳤는데, 그걸 마친다고 바로 중학교 졸업장을 주는 게 아니라 그 졸업장 대신 고등학교 입학자격 시험을 봐 거기에 오르면 그 자격증을 준다. 3년째 하던 해엔 떨어지고 4년째 하던 해에 붙었는데 그게 말하자면 학교도 없는 내 중학교 졸업장인 거야."

"애썼구나, 정말."

나는 뒤늦게 은봉이의 의지와 노력을 격려하듯 세 번째로 은봉이의 잔에 내 잔을 갖다 댔다.

"처음 시작할 때 국어니 수학이니 하는 것은 책을 보니 따라 하겠더라. 그런데 영어는 생판 처음 보는 거니 뭐가 뭔지 정말 모르겠더라. 마침 트럭 차주집 형이 고등학생이어서 처음엔 그 형한테 배우고 그랬다. 한 일 년 그렇게 하고 나니까 그다음엔 잘하든 못하든 혼자서도 할 수 있겠더라."

늦었지만 그때라도 집안 형편이 폈다면 은봉이는 고등학교를 갈 수 있었을 것이다. 제대로 학교를 다닌 나나 형우가 대학에 들어가던 해였다.

"그래서 느들보다 3년 늦게 고등학교 시험도 봤다. 거기에 공고가 있어서."

그 다음 말도 나는 묻지 못했다. 그냥 잔을 든 채 은봉이의 다음 말을 기다렸다.

친구의 아내

"하고 보니 나중에 괜한 짓을 했던 거였는데 말이지."

"괜한 짓이라니?"

"그때 내 형편이나 우리집 형편에 고등학교를 갈 수 있는 것도 아닌데, 일단 자격시험에 올랐으니 내친 김에 고등학교 입학시험을 본 거고, 또 그걸 봐 오르니까 또다른 욕심이 생기는 거야. 공부에 대한 욕심도 아닌 다른 욕심이 말이지."

은봉이는 그쯤에서 말을 끊고 반쯤 남은 자기의 잔을 비웠다.

"그냥 시험만 보고 말면 시험에 오르더라도 내 학력이 중졸에서 그치지만, 시험을 본 다음 학교를 안 다니더라도 일단 입학금을 내면 학적부에까지 이름이 올라가 고등학교 중퇴가 된다고 해서 더 다니지도 않을 거면서 입학금을 냈던 거야. 그랬더니 뭐가 달라졌는지 아나?"

"뭐가 달라졌는데?"

"그해 여름에 신체검사 통지서가 나왔는데, 그 짓 안했으면 군 면제를 받거나 방위를 하며 집안 살림을 거들었을 텐데, 그때 시험 볼 때 말고는 중학교도 고등학교도 문턱에도 못 가봤는데, 그것도 고등학교 중퇴 학력이라고 다음해 현역으로 잡혀갔다 왔다. 아마 안 그랬으면 우리 순봉이 고등학교 공부는 내가 가르쳤을 텐데 말이지."

　"순봉이?"

　"주봉이 아래 동생 말이야. 나는 다른 건 다 괜찮은데, 우리 순봉이만 생각하면 그게 마음 아프다."

　"그 녀석은 지금 뭘 하는데?"

　"그냥 강릉에 있다."

　"집에?"

　"아니. 그럼 마음 아프고 말고 할 것도 없지. 그 자식 중학교 졸업할 때까지도 집안 형편이 안 좋아 고등학교를 못 갔거든. 그런데다 누가 옆에서 잡아주는 사람도 없고 하니 그때부터 잘못 풀려서 사고치고 뭐하고 하다가 이내 그게 버릇이 됐는지 어쨌는지, 남 앞에 말하기 뭐하지만 지금도 교도소에 들어가 있다."

"저런."

"벌써 세 번짼데 내년 여름이나 돼야 나와. 그 전에 내가 가게라도 하나 마련해줘야 하는데, 아직은 내 사는 형편이 그러니 그것도 마음뿐이고 말이지. 느 집은 형제간에 서로 그런 일로 부대끼지 않지?"

"그래, 아직은 별로."

그런 대답을 하는 게 한편으로는 미안하면서도 또 한편으로는 다 큰 동생까지 그렇게 살피고 마음 써야 하는 은봉이의 어깨가 여간 무거워 보이지 않았다.

"잠깐만. 내 전화 좀 하고."

은봉이는 품에서 핸드폰을 꺼내 다시 집에 전화를 거는 모양이었다. 신호만 가고 받지 않는지 이번엔 메시지를 남기지 않고 그냥 뚜껑을 닫았다.

"이 녀석이 아직 안 들어왔나, 아니면 들어왔다가 나갔나."

"애가 하나냐?"

"그래. 내 형편에 여럿 낳을 것도 아니었고."

"참, 니 처는? 집에 없는 모양이지?"

그제서야 나는 은봉이에게 그것을 물었다. 아까부터 가장 궁금한 것이 바로 그것이었다.

"그래, 없다."

의외로 은봉이는 짧게 대답하며, 반쯤은 웃는 얼굴로, 또 반쯤은 쓸쓸해 하는 얼굴로 자기 앞에 놓인 잔을 잡았다.

"어디 갔나?"

"그래."

선선히 대답하는 것으로 보아 나는 어머니가 혼자 있는 강릉에 잠시 내려갔거나 그 비슷한 일로 출타중일 거라고 생각했다. 그래서 큰 뜻을 두지 않고 다시 물었다.

"어디 갔는데?"

"멀리."

"어디로?"

"나하고 애만 남겨놓고 아주 갔다. 5년 전에."

"…."

나는 그 말이 무슨 말인지 몰라 잠시 은봉이의 얼굴을 바라보았다.

"우리 사별했다. 5년 전에. 햇수로는 벌써 6년 전이고."

은봉이는 아까보다 더 쓸쓸한 얼굴로 대답했다. 나는 뭐라고 말을 해야 할지 몰랐다.

"놀랐나?"

"그래."

그래서 아까 가게에서도 그렇게 아이에게 전화를 했던 것이다. 또 아이에 대해서 말할 때에도 언뜻 그런 느낌의 말을 했지만, 누구나 그렇듯이 나 역시 그런 쪽으로는 전혀 상상을 하지 않았던 것이다.

"내가 괜히 물었나 보네."

"아니. 괜찮다. 앞으로 만나다 보면 어차피 알게 될

건데 뭐."

그러면서 은봉이는 아내에 대한 얘기를 했다

"나보다 한 살 아랜데, 군대에서 제대한 다음 삼척에 있을 때 만났다."

은봉이는 군에서도 군단 차량 정비소에 근무하며 매일같이 자동차만 만졌고, 제대해 나와서도 바로 자동차 정비공장에 취직을 했는데, 그때로선 드물게 삼척에서 택시 운전을 하던 아가씨를 만났던 것이라고 했다.

"나하고 처지가 비슷했던 거지 뭐. 그쪽도 집안 형편이 어려워 중학교만 졸업하고 우리 공장에 사환으로 들어왔다가 거기가 자동차 정비 공장이다 보니 이렇게 저렇게 운전을 배워 택시를 시작했던 거니까."

"…."

"결혼해 우리 승일이 가져서 낳을 때 말고는 세상 떠나기 바로 전까지도 운전만 하다가 죽은 사람이다. 사실 내가 지금 내 가게랍시고 정비공장을 하고 있는 것도 알고 보면 그 사람이 뒤에서 그때까지 운전을 하며 이렇게 저렇게 도와줘서 가능했던 일이고. 옛말에도 이제 사람이 살 만해지면 뭐 어쩐다더니 그렇게 고생고생해서 서울 상계동에 조그맣게라도 우리 가게를 열고나서 석 달 만에 일을 만났다. 새벽에 손님 태우고 가다가 중앙선 너머로 미끄러져 들어오는 유조차하고 부딪쳐서. 지나 내나 인생이 어떻게 고작 그 모양인지….”

나는 은봉이의 잔에 다시 가득 술을 따랐다. 은봉이도 내가 건넨 병을 잡고 내 잔에 가득 술을 따랐다.

“애 초등학교 6학년 봄에 그랬는데, 그 일 때문에 그 놈도 나도 여간해선 택시를 잘 안 탄다.”

“애가 아직도 엄마를 많이 그리워하는 모양이지?”

“왜 안 그렇겠나? 그런데도 어떤 때 보면 지 에미를 두고 그놈이 나한테 섭섭한 것보다 내가 오히려 그놈한테 섭섭한 걸 느낄 때가 더 많다.”

“섭섭한 일이라니?”

"전에는 안 그러더니 이제 머리가 굵어져서 그렇나, 요즘 들어 재혼 얘기도 그 놈이 부쩍 더 꺼낸다. 속마음으로야 안 그러겠지만, 내가 해주는 밥이 싫다고 그러고, 내가 싸주는 도시락이 싫다 그러고. 내가 밥하고 설거지 하는 걸 보면 우리 집에도 엄마가 있었으면 좋겠다는 말을 대놓고 하기도 하고. 또 어떤 때는 그런다. 밖에서 늦게 들어온 걸 야단이라도 치면 엄마도 없는 집에 일찍 들어오면 뭘 하느냐고 되려 나한테 뭐라 그러고. 즈 고모하고 작은아버지한테도 전화를 걸어 그런 얘기를 하는 모양이다. 어떻게 보면 누나하고 주봉이가 애한테 그렇게 시키는 건지, 아니면 이 녀석이 먼저 어른들을 축축거리는 건지."

"네 생각은 어떤데?"

"앞으로의 일이야 장담할 수 없겠지만 아직은 그래. 집안에 들어가도 그렇고, 가게를 나와도 그렇고 내 생활의 절반을 승일이 엄마가 일으킨 건데, 그게 어디 쉽나? 지겨워서 서로 정 끊다가 헤어진 사람들도 아니고."

참 할 말이 없었다. 뒤늦게 어떤 위로를 할 수도 없었고, 또 아이처럼 말하거나, 은봉이의 뜻처럼 말할 수도 없는 일이었다.

먼저 자현이에 대한 얘기도 했지만, 은봉이야말로 마음속에 그보다 더 깊은 사랑 하나 가지고 있었다. 어쩌면 30년이란 세월이 그런 것인지도 몰랐다. 우리는 그 세월의 바람 속에 이렇게 휘날리고 저렇게 휘날리다 어느 구석에 다시 모인 두 장의 가랑잎처럼 저녁 늦게까지 술을 마셨다.

"우리 집사람도 운전 쉬는 날 나하고 이렇게 맥주 한 잔 마시는 거 참 좋아했는데."

그 말을 할 때 은봉이의 눈에도 언뜻 물기가 비쳤고, 은봉이가 바라본 내 눈에도 그것이 비쳤을 것이다. 세상의 물줄기들은 왜 그렇게 우리가 바라지 않는 쪽으로 너무 쉽게 흘러갈 때가 있는 것인지. 왜 그 작고도 큰 사랑을 방해할 때가 있는 것인지….

씩씩하여
아름다운
길들

서울로 나가 일부러 형우를 만났던 건 은봉이의 일 때문이었다. 지난번 일산에서 함께 맥주를 마시며 들은 은봉이의 얘기가 여러 날이 지나도록 내 가슴속에 남아 떠날 줄 모르던 것이었다. 그러니까 이럴 경우엔 어떻게 해야 하나, 하는 건데 그것이 단지 내 생각뿐인지 아니면 다른 사람이 들었을 때도 합당한 얘기인 것인지 통 감을 잡을 수 없어 일단 아내에게 먼저 내 심중의 말을 꺼내 놓았다.

　"당신도 은봉이라는 친구 알지?"

　"지난번 당신 자동차 고장났을 때 함께 왔던 친구

말인가요?"

"그래."

나는 아내에게 은봉이가 지금 어떻게 사는지, 아니 그것보다 지금까지 어떻게 살아왔는지에 대해 자세하게 말했다.

"아이가 대단하네요."

나는 은봉이를 대단하게 느끼라고 한 얘긴데, 그 얘기를 다 듣고 난 아내는 첫마디에 그렇게 말했다. 그래서 오히려 그 다음 말을 하기가 좀 편할 수 있겠다 싶어 다른 얘기로 돌리지 않고 곧바로 은봉이의 재혼에 대한 얘기를 했다. 중이 어떻게 제 머리를 깎느냐? 이제는 제 머리를 깎기에도 너무 길어 시기를 놓쳤다. 깎으려 해도 그동안 기른 머리가 오히려 아까운 상태가 되어버린 것인지 모른다. 더구나 주변에서 사람 마음이 한결같다느니 어떻다느니 하면서 긴 머리를 칭송하기도 해 더욱 제 머리를 못 깎게 되고 만 형국이다. 그러니 옆에서 그걸 잘 아는 사람이 머리를 깎아주어야 하지 않겠느냐, 하는 얘기를 했던 것이다.

"그래서 당신이 깎아주려고요?"

"가능한 일이라면."

"그러니까 제 말도 그거에요. 그게 좋은 일인지 아닌지를 먼저 따져봐야 한다는 거지요."

"어떻게?"

"우선 머리를 깎아주는 일이 바른 일인지 아닌지를 생각해야겠지요."

"내가 당신한테 묻는 것도 바로 그거라고. 그게 바른 일인지 아닌지. 나야 남자고 당신은 여잔데, 여자인 당신 생각은 어떤지."

"은봉 씨 본인도 마음 한 켠에 원하는 게 있다면 나쁘지는 않겠죠. 누구나 그럴 경우가 있잖아요. 마음속으로는 원하면서도 스스로는 나설 수 없는 일 같은 거요. 아까 당신이 말한 대로 본인 마음이야 어떻든 이제까지 주변에서 긴 머리를 칭송하던 사람들의 눈도 의식해야 할 테고, 또 아이가 말은 그렇게 해도 실제 그런 상황이 발생했을 때는 또 그걸 어떻게 받아들일 지도 충분히 생각해야 할 거고."

"그러니까 그 문제와 관련해서 그 말을 액면 그대로 받아들인다 할 때 당신 생각은 어떠냐고?"

"당신 버릇 중에 한 가지 나쁜 게 어떤 것인 줄 알아 요?"

"지금 그 얘기가 왜 나와? 은봉이 얘기를 하는 중에."

"지금 당신이 액면대로라고 딱 못을 박고 말하는 게 그렇잖아요."

"그게 왜?"

"어떤 일에 대해서나 당신은 미리 주어진 이런저런 조건 말고는 다른 변수가 없다는 식으로 문제를 극도로 단순화시켜놓고 이쪽이냐 저쪽이냐 늘 그런 식으로 문제를 해결하잖아요. 그렇지만 세상일이라는 게 당신이 말하는 액면대로 흘러가는 게 어디 있어요? 미리 주어진 조건보다 나중에 발생하는 이런저런 주변 상황에 영향 받는 일들이 더 많지.”

  “하여튼, 일단은 그렇다고 치고.”

  이어진 아내의 얘기는 이런 것이었다. 은봉이가 때로 그렇게 말하는 아이에 대해 섭섭함을 느낀다는 것이 먼저 세상을 떠난 아내에 대한 어떤 예의 같은 섭섭함일 수도 있지만, 또 그런 말을 당신에게 하는 것 자체로 자신의 재혼에 대한 간접적인 희망을 표시하는 것일 수도 있다는 것이었다.

  “그럼 첫 번째 문제는 해결됐네.”

  “아니죠. 승일이라고 했나요? 아이의 생각도 그와 똑같이 반대로 적용해서 생각할 수 있다는 거죠. 겉으로는 그렇게 말해도 그건 아버지에게 절대로 일어나지 않을 일이라는 어떤 믿음 때문에 더 그렇게 말할 수도 있는 거고, 그러다 막상 아버지가 재혼을 했을 땐 지금까지 했던 말이나 행동과는 또 전혀 다른 반응을 보일 수 있다는 거죠. 아직 고2면….”

  “그만해.”

"왜요?"

"내가 전에도 한 번 그런 얘기했지? 어떤 일이든 당신하고 얘기하면 내 머릿속에 잘 정리되던 문제들까지도 갑자기 발이 생기면서 복잡해진다고. 지금도 그렇잖아."

"내가 그렇나요? 세상일이라는 게 원래 그런 거지요."

전에도 아내는 내가 집안 일이나 내 자신의 어떤 문제를 정리하는 방식에 대해 그것을 '사다리 타기'라고 말한 적이 있었다. 높은 데를 올라가기 위해 타는 사다리가 아니라 여러 사람이 모여 어떤 내기를 할 때 종이 위에서 타는 사다리 얘기였다.

그 사다리를 타본 사람들은 알 것이다. 어떻게 보면 저마다 무척 복잡한 방식으로 자기 길을 찾아가는 것 같지만, 그 사다리는 두 갈래 갈림길마다 갈 수 있는 길과 갈 수 없는 길이 어떤 법칙처럼 명확하게 정해져 있다. 그것과 마찬가지로 내가 집안 일이나 내 자신의 일을 결정하는 방식이 그런 선택의 갈림길에서마다 문제를 예, 아니오 하는 식으로 단순화시켜놓고 이쪽이냐, 저쪽이냐 그것만 따져 길을 찾아간다는 것이었다.

아내는 그 예로 내가 십 년 가까이 다니던 직장을 그만두고 전업하던 때의 일과 서울에서 일산으로 이사를 하던 때의 일을 들었다.

직장을 그만둘 때 나는 이제까지 한 번도 그런 얘기를 않다가 어느 날 갑자기 아내에게 이제 직장을 그만두고 소설에만 전념을 해야겠다는 얘기를 했다. 그러자 아내는 꼭 그렇게 해야 할 이유를 세 가지만 들어보라고 말했다. 그때 나는 이렇게 말했다.

"우선 두 가지의 일 중 이 일이 나에게 더 맞는 것 같고 또 의미도 있고."

"그리고요."

"돈을 헤프게만 쓰지 않는다면 원고 수입만으로도 먹고 살 수가 있는 것 같고."

"또요."

"이젠 직급도 올라 직장을 계속 다니면 전혀 글을 쓰지 않고도 먹고 살 수 있기 때문이다."

"그건 무슨 말인데요?"

"글을 성실하게 쓰지 않을 모든 종류의 유혹을 차단하겠다는 얘기라구."

"그래도 시간을 두고 좀 더 깊이 생각해봐요. 이쪽 저쪽 따져보고요. 지금까지는 회사 다니면서도 잘 써왔잖아요. 그리고 당신이 나이가 들어서까지도 지금만큼 글을 쓸 수 있는지 없는지 그런 것도 생각해보고요."

아내는 무엇보다 내가 다니던 직장의 안정성에 유혹을 느끼는 것 같았다. 그렇지만 그날 나는 오래도록 그것을 생각해온 사람보다 더 명쾌하게 사표를 쓰고 나왔다. 왜냐하면 그런 것은 오래 생각하면 생각할수록 되는 쪽보다 안 되는 쪽의 이유들이 점차 늘어나기 때문이었다. 또 그런 식의 의논이라는 게 그것 자체로

'나는 이렇게 생각하지만 당신이 그런 나를 잡아주고 말려달라'는 또 다른 유혹의 빌미가 되기도 하기 때문이었다.

그리고 이사를 할 때에도 그랬다. 어느 봄날 친구를 따라 다른 일 때문에 일산에 와보고 나는 아내에게 이렇게 말했다.

"오늘 처음 가봤는데 일산이 우리 같은 사람들은 살기 참 좋은 곳 같더라."

"어떤 점이 좋은데요."

"우선 공기 좋고."

"그건 서울을 벗어나면 다 좋은 거구요."

"서울에서 좀 멀다 해도 이제 내가 직장을 다니지 않으니 아침저녁으로 길바닥에 시간 깔며 시달릴 일도 없고."

"또요."

"공원도 많고 길도 널찍해서 쾌적하기도 하고. 한번 가봤는데도 이사하고 싶더라. 아파트보다는 단독

주택 같은 데로 말이지. 아직 우리는 애들도 어리니까 학교 문제도 크게 부딪치지 않을 테고 말이지."

그래서 다음날 아내와 함께 두 번째로 일산 구경을 하고, 아내 입에서 "좋긴 하네요. 전원도시처럼." 하는 얘기를 들은 다음다음날 통장에 넣어둔 돈을 박박 긁어 계약부터 한 다음 아내에게 내가 이미 일을 벌였음을 얘기했다. 잔금은 서울 집을 팔면 된다고 생각했다. 아내는 그런 일은 부부가 당연히 의논을 해야 되는 것 아니냐고 따졌지만 그때에도 나는 이렇게 대답했다.

"우리가 십 년 넘게 살아오며 이제까지 어떤 일이든 나 혼자 결정한 일은 이 일을 포함해 고작 두세 가지밖에 되지 않아. 나머지 일들은 함께 의논할 것도 없이 거의 전적으로 당신이 하자는 대로 하며 살아왔지. 그런데 고작 그 두세 가지 가지고 뭐가 섭섭하다고 그래?"

"그 두세 가지가 뭔데요? 결혼하기 전까지 잘 다니

던 직장 결혼하자마자 너무 **빡빡**해서 글 쓸 시간이 전혀 안 난다고 그만둔 것하고, 그렇게 **빡빡**하지도 않은 두 번째 직장 그만두고 전업 작가로 들어앉은 것하고, 그리고 이번 이사하는 것하고, 남들 같으면 석 달 열흘은 함께 의논하고 고민했을 문제들 아니냐구요."

"오래 따질 게 뭐 있어? 처음 그 문제와 마주쳤을 때 딱 한 번의 생각으로 이게 내 길이냐 아니냐, 이렇게 하는 게 좋으냐 나쁘냐, 그것만 따져 결정하면 되지. 괜히 시간 낭비하고 신경 소모할 것 없이."

말은 그렇게 했지만, 의논을 하면 그 순간부터 끼어들기 시작하는 이런저런 상황의 이런저런 변수들로 이사를 포기하게 되거나, 또 한다 하더라도 절차가 복잡해 이사 전에 내가 먼저 지치고 말기 때문이었다.

그때부터 아내는 나를 '사다리 타기 선수'라고 불렀다. 아마 아내는 이번 은봉이의 문제에 대해서도 내가 그런 식으로 일을 결정해 마구잡이로 은봉이의 머리를 깎으려 들 거라고 생각하는 모양이었다. 그런 나에

비해 아내는 어떤 일에 대해서든 그 일로 발생할지 모를 '모든 경우의 수'를 다 생각해보는 쪽이었다.

"그리고 또 한 가지 중요한 문제가 있어요."

"뭔데?"

"재혼을 한다 해도 은봉 씨 혼자 하는 건 아니잖아요. 상대가 있어야지."

"그 자리에 딱 맞을 만한 사람이 있으니까 하는 얘기지."

그러자 아내는 다른 말없이 조금은 낯선 눈빛으로 나를 쳐다보았다.

"왜?"

"그 얘기는 듣고 보니 좀 그렇잖아요."

"뭐가?"

"당신이 은봉 씨가 그런 처지라는 걸 안 게 일 주일밖에 안 되잖아요."

"그런데?"

"그런데도 그렇게 말하는 건 당신 아는 사람 중에

그런 자리에 딱 맞을 만한 여자가 먼저 있다는 얘기 아닌가요? 혼자 사는 여자가."

"그래서 그게 기분 나쁘다 그 얘긴가?"

"좋지는 않지요. 나쁜 아니라 어떤 여자든."

"마흔이 돼도 당신 살 안 찌는 이유를 알겠군. 이봐요, 두 아이의 엄마 박지은 씨. 그땐 그렇게 말하는 게 아니라 어떤 여잔데요, 하고 바로 묻는 거야."

"말해봐요. 어떤 여잔지."

그래서 나는 예전의 자현이와 지금 자현이에 대한 이야기와 그런 자현이를 어릴 때부터 짝사랑해왔던 한 헝그리 복서의 첫사랑에 대해 이야기했다. 은봉이처럼 자현이도 한 번은 남편과 사별하고, 또 한 번은 서로 맞지 않는 결혼 끝에(주벽에 구타가 심했다고 했던가)이혼했던 거라고. 강릉 동창들한테 들은 얘기로는 아이도 먼저 남편에게서 얻은 두 아이뿐이라고 했다. 지난번에도 그 얘기를 은봉이 앞에서는 하지 못했던 것이다.

씩씩하여 아름다운 길들

"안 됐다. 누군지 모르지만 자현이라는 사람."

"그러게 말이지. 어릴 땐 그런 구김 하나 없이 커 가지고."

"당신도 은봉씨처럼 그랬어요?"

"그럼, 당연하지. 나도 그때 13세 소년이었는데. 나뿐 아니라 우리반 남자 애들 다 그랬다구."

"그렇게 이뻤어요?"

"그땐 그랬지. 그게 정말 이쁜 건지 안 이쁜 건지 구분도 잘 못하는 상태에서 우리가 받은 느낌은. 그러다 중학교에 가면서 시내 여자애들도 보고, 또 여자 보는 눈도 서서히 넓어지면서 그런 마음이 엷어진 거지. 스무 살쯤 되었을 때 다시 만나보니 어릴 때 이쁘다고 생각했던 애들보다 이쁘지 않다고 생각했던 애들이 더 이쁜 모습이 되어 있기도 하고 말이지. 지난번 우리 집에 전화했던 미선이도 어릴 땐 그저 키만 삐죽했거든. 그런데 나중에 보니 우리 동창들 중에 제일 미인이더라구. 지금도 제일 멋쟁이고 제일 잘 살고."

"그러니까 궁금하네."

"미선이?"

"아뇨. 자현이라는 애요."

"이젠 애도 아니다, 어른이지. 동창이라는 게 늘 그 때 그 나이에서 성장을 딱 멈춘 것처럼 생각돼서 그렇 지. 모여서 하는 짓들을 봐도 그렇고."

나는 생각난 김에 사진첩을 꺼내 초등학교 졸업식 때 찍은 단체 사진을 아내에게 보여주었다. 바로 이 아이가 자현이고, 또 이 아이가 미선이라고. 그런데 막상 꺼내놓고 보니 그 사진도 아내에겐 처음 보여주 는 것 같았다. 일부러 감추었던 것이 아니라 이제까지 그것을 꺼내 보여줄 일이 없었던 것이다.

"정말 이쁘네요. 깜찍하고."

아내는 사진에 나온 자현이의 모습을 보고 그렇게 말했다.

"그런데 당신은 어디 있어요?"

"찾아봐."

아내는 한참 동안 그 사진에서 내 모습을 찾았다. 그러다 어느 글에도 그렇게 표현한 '정면으로 비치는 햇빛 때문에 젖은 양말을 입에 문 듯한 얼굴'로 제일 앞줄에 서 있는 내 모습을 찾아냈다.

"이거 아니에요?"

"맞아."

"아이구 귀여워라. 우리 도련님이 얼굴도 찡그리고. 그런데 지금은 왜 이렇게 징그러워졌어요?"

"누가 아니래. 옆에서 하도 긁으니 그렇게 되었지."

"아이구, 나처럼만 긁지 말라고 그래요. 은봉 씨는요?"

"여기 내 바로 옆에."

그때는 누가 깎아줬는지 바로 절로 보내도 될 만큼 빡빡 밀은 머리였다. 은봉이뿐 아니라 그 사진에 나온 대부분의 아이들이 그랬다.

"그런데 은봉 씨말이에요."

아내는 지금이야 은봉이가 나중에라도 공부를 해

자현이와 큰 차이가 없지만 그래도 어릴 때 느끼고 또 가지고 있던 차이라는 게 있는데, 그게 두 사람 사이에 어떤 문제가 되지 않겠느냐고 말했다.

"일테면 토지에 나오는 서희는 끝까지 서희인 거고, 길상이는 또 끝까지 길상인 것처럼 말이에요. 더구나 초등학교 동창끼리면 그럴 수도 있잖아요. 서로 좋아했던 것도 아니고, 은봉 씨 혼자 좋아했던 건데 당신 말대로 열세 살 때 성장을 멈춘 사람들이라면 그때의 차이가 평생 다가갈 수 없는 차이처럼 느껴질 수도 있고요."

그 말 역시 듣고 보니 그랬다. 나는 거기에 대해서는 조금도 생각하지 않았다.

"당신이 자현이라면 어떨 것 같아?"

"솔직히 말하자면 나는 느낄 것 같아요."

"구체적으로 어떤 걸?"

"나는 그때 중학교도 가고 고등학교도 갔는데, 나중에 혼자 공부했다고 해도 은봉 씨는 그때 초등학교만 졸업하고 말고, 또 나는 그때 모든 사람들에게 특별했는데 은봉 씨는 전혀 그런 내 상대가 아니었고요. 그건 이 일에 대한 두 사람 사이의 어떤 출발점이자 화석 같은 게 아닌가 싶어요."

"화석이라니?"

"너무 오랜 세월 동안 이미 굳어진 생각이란 뜻이에요."

"그래도 지금은 그렇지 않잖아."

"그게 문젠 거지요. 자현 씨 입장에서 생판 모르는 어떤 은봉 씨 같은 사람을 만난다면 그 부분이 오히려 커 보일 수가 있겠지요. 사실 학력만으로 보자면 고등학교 졸업이나 중퇴나 크게 차이나는 것도 아니니까 그 부분에 대한 믿음도 더 가고요."

"그럼 됐지 뭐. 은봉이가 사는 형편도 그만하면 됐고."

"그렇지만 예전에 서로 알던 사람들끼리는 그렇지 않다는 거죠. 그동안 아무리 변했다 해도 은봉 씨에 대해 자기가 원래 가지고 있던 생각이라는 게 있으니까 그걸 지우기가 힘들다는 거지요. 서로 모르는 입장에서 만나면 장점일 수 있는 일이 잘 아는 입장에서는 오히려 단점일 수도 있고요. 자존심까지 연결시키면 더 그렇지요."

"그래서 당신 생각엔 내가 괜한 생각을 하고 있는 거다 그건가?"

"아뇨. 그런 건 아니지만 성사되기가 쉽지는 않은 일이다, 그거죠. 일단 본인들 앞에 말을 꺼내놓은 다음에 그게 어긋났을 땐 서로 상처가 될 수도 있는 일이고요. 은봉 씨는 은봉 씨대로 또 한번 상처를 받을 거고, 자현 씨는 자현 씨대로 어쩌다 내가 친구들 사이에 예전 같으면 그런 생각도 못할 은봉 씨의 짝으로까지 얘기돼야 하나 하고 지금 자기 처지에 대해 생각하게 될 테구요."

"모든 경우의 수를 다 동원했을 때 말이지?"

"아뇨. 당신처럼 이쪽저쪽만 따져도 그건 기본으로

부딪칠 문제예요."

그러면서 아내는 내게 정히 그 일을 추진해보고 싶거든 같은 동창인 형우와 함께 의논하고, 뜻이 같다면 일 추진 역시 두 사람이 같이 하는 게 좋겠다고 말했다.

"형우 씨도 나처럼 생각하면 그땐 당신도 고집을 꺾고요. 그건 서로 인연이 아니고 맞지도 않은 일이니까."

그래서 아주 말 나온 김에 형우에게 전화를 해 다음 날로 시간과 장소를 잡았다. 형우 학교 앞에 있는 음식점이었다.

술 한잔을 곁들인 저녁을 먹으면서 나는 형우가 참석하지 못한 지난번 서울 동창회와 또 미선이와 은봉이를 만났던 얘기를 했다. 형우는 미선이 얘기를 할 땐 "우리가 그때 잘 몰라서 그랬지 미선이는 원래 이뻤다."고 말했고, 은봉이 얘기를 할 땐 "걔는 원래 속이 꽉 찼다."고 말했다.

"다른 얘기 돌리지 않고 본론을 얘기할게."

"긴장하면서 들어야 할 얘기냐?"

"아니. 편하게."

"그럼 내 술 한잔 더 받고."

나는 형우가 따르는 술을 받아들고 자현이에 대해 물었다. 시골집도 우리 집보다 형우 집이 자현이 집과 가까웠다. 또 형우 동생과 자현이 동생이 같은 학년이어서 거기에 대한 정보도 나보다 형우가 더 많이 가지고 있을 것이었다.

"참 안 됐어. 걔는 정말."

"나는 두 번 결혼했다는 얘기만 들었지 자세히는 모른다."

"그 얘기 그대로야. 처음 결혼했을 땐 있는 집에 시집 잘 갔다고 했는데 췌장암인가 뭔가 하는 걸로 남편 잃고, 두 번째는 남자에 대해 너무 모르고 결혼했던 거고. 그래서 결혼한 지 일 년도 안 돼 끝내고 걔 잠시 우추리 친정에 들어와 있었다. 그것도 벌써 삼 년 전

의 일이네. 내가 방학해서 내려가니까 우리 어머니가
그러더라. 지금 자현이가 집에 와 있다고."

"봤나, 그때?"

"아니. 나도 우리 마누라하고 잘 사는 건 아니지만,
그때 마음이 좀 그렇더라. 괜히 내가 사는 모습 보여
주는 게 친정집에 들어와 있는 자현이한테 좋은 일이
아닌 것 같아 같은 동네여도 일부러 그 집에 안 들러
봤다. 만나면 반갑기야 하겠지만, 그보다는 오히려 내
가 들르지 않아 섭섭한 생각이 드는 게 나을 것 같아
서."

"지금은 뭐하고 사는데?"

"먼저 남편한테서 낳은 애 데리고 강릉 시내에서 조
그만 가게를 한다고 그러더라. 슈퍼도 아니고 동네 구
멍가게처럼. 그래서 그런지 강릉 동창 모임에도 잘 안
나온다고 그러고."

"그건 이해가 간다. 나라도 그랬을 테니까."

"그런데 본론이라는 게 뭔데? 그냥 자현이 얘기만

은 아닌 것 같고."

"왜, 감이 안 잡히냐? 이제까지 한 얘기만으론."

"대충은 알 것 같기도 한데."

"대충이 아니라 바로 그 얘기다. 지난번 은봉이 얘기를 듣고 나서 퍼뜩 그 생각이 들더라. 어릴 때지만 옛날에도 그렇게 좋아한 사람인데, 지금 자현이 처지도 그렇고 두 사람을 맺어주면 어떨까 하고 말이지."

그 말에 형우는 뭔가 한참 동안 생각하는 얼굴이다가 입을 열었다.

"은봉이 얘기는 들어봤냐?"

"아니. 아직은 내 혼자 생각이다. 그래서 너하고 의논하는 거고. 이제 들었으니 니 생각을 말해봐라. 생각할 시간이 필요하다면 이따가 말하고."

"아니. 길게 생각하고 말고 할 것도 없이 서로 잘 되면 좋지. 자현이의 지금 처지가 나빠서 은봉이의 짝이 될 수 있는 게 아니라 처음부터 은봉이가 훌륭해서 그럴 수 있는 거니까. 사람이 그러기가 쉽지 않거든. 어릴 때부터 그런 의지를 세우고 살기가. 네 얘기를 들으니 우리 동창 중에 제일 훌륭하게 어른이 된 것 같다. 원래 심성도 너그럽고."

형우는 가능한 일이고 맺어지면 좋은 일이라고 말했다. 어릴 때부터 형우는 그랬다. 그때는 공부만 가지고 반 아이들을 판단하기 쉬운데 초등학교 6년 동안 반장을 하고 회장을 했던 형우는 그때에도 선생님이 반 아이들에 대해서 물으면 누구는 글짓기를 잘하고, 누구는 만들기를 잘하고, 누구는 달리기를 잘하고, 누구는 집안 일을 많이 거들고 하는 식으로 꼭 친구들의 장점에 대해서만 말했다. 6학년 때 선생님이 남자와 여자를 한 책상에 앉혔을 때도 반 아이들이 다 그 옆에 앉기 싫어하는 영자 옆자리를(영자 몸에 이가 많다고. 그러나 그렇게 말하는 아이들 대부분에게도 이가 있었을 것이다.) 형우가 제 발로 걸어가 앉았다. 그래서 모두 놀란 얼굴로 형우를 바라보았는데, 그때 형우가 말했다. 느들 집엔 이가 없나. 우리 집엔 있다.

그때 나는 공부에서든 뭐에서든 평생을 따라가도 형우를 따라가지 못하겠다는 생각이 들었다. 형우는 어릴 때부터 그런 아이였다.

아까 미선이 얘기를 할 때에도 형우는 자현이와 함께 면사무소로 버스를 타고 가다 미선이와 마주쳤던 부분에 대해 그것은 정말 우연이었고 자기로서는 어쩔 수 없었던 일이었음에도 가슴 아파했다. 그때에도 말을 하지 않았을 뿐이지 많이 가슴이 아팠다고 했다. 그래서 예전과 다른 미선이의 지금 모습에 대해 안도하듯 더 좋아하고 있는 것인지도 몰랐다.

"우리 모두 어렸지만 그때 너가 참 커 보이더라. 영자 옆자리로 간 것도 그렇지만 어떻게 그렇게 말할 수 있었는지. 어른이 된 다음에도 그렇게 하기가 쉽지 않은데."

"별 걸 다 기억하네."

"아니. 정말이야. 나는 그때 네가 이다음 커서 대통령 같은 사람이 될 줄 알았다. 너무 훌륭해서."

"그럼 학교 때려치우고 이 길로 나서볼까? 한 표는 이미 확실하게 확보된 것 같은데. 만으로도 사십이 넘었으니 그럴 자격도 되는 것 같고."

"한 표가 아니지. 이번 일만 잘 되면 두 표가 더 따라온다."

"언제 같이 가자는 얘기냐?"

"아니. 그냥 의논만 하자는 거지 넌 따라오면 안 된다. 그러면 될 일도 안 될 수가 있으니까."

"왜?"

"가끔 가다가 너도 모르는 게 있으니까."

집에서 아내는 일을 추진하더라도 형우와 함께 추진하는 게 좋겠다고 했지만, 이미 그때 나는 한다면 나 혼자 나서야 할 일이라고 생각하고 있었다. 아내도 형우도 모르는 게 있기 때문이었다. 어릴 때 여자 중엔 자현이였다면 남자 중엔 형우였다. 우리 모두가 좋아했던 자현이도 형우에 대해서는 그렇게 생각했을 것이다. 그런 그 얘기를 내가 자현이에게 하는 것과 형우가 자현이에게 하는 것은 듣는 입장에서 느낌이 다를 것이다. 형우가 내려가면 자현이도 알게 모르게 마음속으로 '예전의 내 짝은 형우였는데.' 하는 생각에 은봉이에 대해 객관적인 판단을 할 수 없게 되고, 또 마음이 있다 하더라도 그 대답을 형우 앞에 하기가 쉽지 않을 것이었다.

"그럼 너 혼자 내려가겠다고?"

"그래. 너는 은봉이와 자현이가 서로 짝이 되는 게 좋은지 아닌지, 될 수 있는 일인지 없는 일인지만 말해주면 되고."

"나는 좋다. 아주 모르는 사람도 아니고 지금 서로 그런 처지라면 의지하기도 좋고."

형우가 그 일에 대해 너무 선선히 말해 나는 어제 집에서 들었던 아내의 얘기를 했다. 아니, 아내의 얘기를 한 것이 아니라 한편으로는 이런 것들도 생각해 볼 수 있지 않겠느냐 하는 식으로 아내의 생각을 내 생각인 것처럼 말했다. 두 사람의 기억 속에 박혀 있는 출발점에 대해서도 말하고 화석에 대해서도 말했다. 또 그것이 서로 모르는 처지에서라면 좋은 쪽으로 장점이 될 수도 있지만, 알기에 오히려 극복할 수 없는 단점이 될 수도 있다는 것에 대해서도 말했다. 형우는 그런 내 말을 묵묵히 듣고 있다가 자기 잔으로 내 잔을 툭 쳤다.

"정수야."

"왜?"

"듣고 보니 그런 점이 없지도 않다. 우리는 남자지만 또 여자들 생각은 다를 수 있으니까. 지금까지 우리는 우선 은봉이 편에서만 생각을 했는데, 자현이 편에서 보자면 정말 네 말대로 그럴 수도 있는 일이고."

"그렇지?"

"그래. 그렇긴 한데, 나이를 먹어서 그렇나 아니면 오래도록 글을 써서 그렇나 오늘 보니 너 예전하고 많이 달라진 것 같다."

"뭐가?"

"세상일을 하나하나 꼼꼼히 따져보는 게 말이지. 그런 생각은 남자들이 쉽게 할 수 없는 일이거든."

"너 잘 모르는 모양이구나. 내 옆에 서독 코치가 하나 있는 거."

"서독 코치?"

"어떤 일에든 경우의 수를 들며 이것저것 잘 따져보는 사람 말이야."

"그래도 한번 추진해볼 만한 일이다. 두 사람 다 지금 짝이 없다는 것도 그렇지만, 마음이 맞아 결혼했을 때 서로 상대를 깊이 이해할 수 있는 것도 그렇고. 자현이도 보기보다 까다로운 애는 아니거든. 그냥 우리가 까다롭게 여기고 까다롭게 대했던 거지. 그리고 지금은 생각도 예전보다 훨씬 넓어졌을 테고."

그래서 나는 좀 더 구체적인 내 생각을 말했다. 은봉이의 일이긴 하지만 지금 은봉이는 큰 문제가 아니다. 그건 일이 잘 돼간다 싶을 때 나중에라도 너하고 내가 얘기하고 설득하면 되는 거니까. 문제는 자현이다. 자현이만 마음이 있다면 성사는 거의 다 된 거나 다름없는 건데, 그건 내가 강릉으로 내려가서 조심스럽게 얘기해보겠다. 그러니까 아는 사람은 너하고 나하고 자현이, 이렇게 셋밖에 없는 것이다. 그렇지만 자현이에겐 내 혼자 생각으로 온 것처럼 말하겠다. 은봉이의 뜻도 알아보지 않은 것으로 하겠다. 만약 일이 잘 되지 않았을 땐 너는 은봉이한테도 그렇고 자현이한테도 아예 이 일을 모르는 것처럼 해라. 그런 말들을 했다.

"가면 언제 내려갈 건데?"

"다음 주 목요일이 우리 아버지 생신이다. 그때 내려갈 생각이다."

그 일 주일 동안 내가 준비한 것은 형우를 통해, 또 형우가 시골집을 통해 알아낸 자현이의 전화번호뿐이었다. 지난번 서울 모임 때 석준이가 나누어준 연락처에도 자현이의 것은 빠져 있었다. 서울에서 미리 한 번 전화를 걸까 하다가 그 일도 내려가서 부딪치기로 했다.

아버지의 생신 다음날 오후, 나는 우추리 집에서 강릉 자현이의 집 가게로 전화를 걸었다. 목소리로 중학생쯤 되는 여자 아이가 전화를 받았다. 나는 아이에게 엄마 이름이 김자현이냐고 묻고, 엄마를 바꾸어 달라고 말했다. 아이는 내게 누구냐고 물었다.

"아저씨는 엄마 초등학교 동창이다. 서울에 사는."

그러자 아이와 자현이가 "엄마, 전화요." "누구?" "몰라. 엄마 초등학교 동창이래요. 서울에 사는." "동창?" 하는 소리가 들리고 이어 자현이가 전화를 받았다. 자현이가 여보세요, 하기에 나는 다른 격식 다 던지고 "나, 우추리 우랫말 정수다." 하고 바로 내 이름을 밝혔다. 은봉이의 일이 아니면 전화를 걸 일도 없었겠지만, 다른 일로 전화를 걸었다면 그래도 옛 첫사랑에 대한 어떤 격식 같은 것이 있었을 것이다.

"정수? 작가 선생 말이지?"

"그래. 살아서 평생 이렇게 처음 너한테 전화도 해 보네. 반갑다, 소리 안 해?"

"왜, 반갑지. 서울이나?"

"아니. 여기 우추리 집에 와 있다. 어제 우리 아버지 생신이어서."

"그럼 언제 올라가는데?"

"오랜만에 니 얼굴 좀 보고 내일이나 모레 올라가려 고 그런다."

"날?"

"왜, 그러면 안 돼?"

"아니. 그런 건 아니지만….."

"아니면, 내가 지금 시내로 나갈까? 오늘 너 바쁘면 내일 나가고."

일단 우리가 만나는 것부터 못을 박자 자현이는 잠 깐만, 하고 잠시 후 그러면 오늘 나오라고 했다. 나는 가게 위치를 묻고 너 화장하고 차리고 할 시간까지 주 어 한 시간 반쯤 후에 그리로 나가겠다고 말했다.

"여기 말고 다른 데서 만나면 안 돼?"

"아니. 번거롭게 그렇게 하지 말고 거기서 만나 다른 데로 가면 되지. 느 애들도 얼굴 좀 보고. 잠시 가게 맡길 사람은 있지?"

"응. 애들이 있으니까."

그러고 보니 자현이도 거의 20년만에 처음 보는 것 같았다. 나는 미리 준비해 간 내 책에 자현이의 이름과 내 이름을 쓰고 그 아래에 '힘찬 내일!'이라는 말과 함께 사인을 했다. 우리 초등학교 시절 이야기를 쓴 작품도 그 안에 들어 있는, 지난해 가을에 나온 소설집이었다.

나는 정확하게 한 시간 반쯤 후 자현이의 집 가게 앞으로 나갔다. 작은 아파트 단지 앞에 있는 잡화 가게였다. 자현이가 먼저 가게 앞에 나와 나를 기다리고 있었다. 나는 자동차에서 내려서 얼른 자현이의 손을 잡았다. 잠시 전 자동차를 타고 올 때만 해도 내가 머릿속에 그렸던 것은 군대 가기 바로 직전 보았던 스물두 살 무렵의 자현이 얼굴이었다. 그때 그대로는 아니지만, 나이는 먹었어도 그래도 옛 모습이 많이 남아 있는 얼굴이었다. 첫사랑의 느낌은 나이를 먹지 않아도 그 첫사랑은 어쩔 수 없이 나이를 먹은 얼굴로 내 앞에 서 있었다. 내가 마흔두 살이듯 자현이도 이제 마흔두 살인 것이었다.

"오랜만이다. 정말."

"그래. 그동안 신문이나 텔레비전에서만 너 봤는데."

"넌 옛날 그대로네. 어릴 때 우리반 자현이 모습 그대로."

나는 이왕 왔으니 아이들의 얼굴을 보고 싶다고 말했다. 자현이는 아까 전화를 받은 작은아이는 밖으로 나가고 고등학교 1학년인 큰딸만 가게에 있다고 말했다. 나는 가게 안으로 들어가 큰아이와 인사를 했다.

"엄마 닮아서 이쁘구나, 너도."

"저는 이쁘다는 말보다 씩씩하다는 말이 더 좋아요,

아저씨.”

“그래. 그렇게 말하는 걸 보니 씩씩하기도 하고. 자, 이건 처음이라 엄마 이름으로 써온 건데 다음부턴 네 이름으로 써와야겠다. 최미진이라고 했지?”

“예.”

“오늘은 아저씨가 엄마하고 데이트를 좀 하고 싶은데, 너 허락해줄래? 오랜만에 경포에 나가서 저녁도 먹고. 그렇지만 늦지는 않을 거다.”

“그렇게 하세요. 늦어도 되고요. 엄마가 아까부터 아저씨 기다렸거든요.”

그러자 자현이가 강릉말 그대로 “저 지즈바가.” 하고 말했고, 그 말을 받아 자현이의 딸이 “아니, 안 기다렸어요.” 하고 웃었다. 전에는 어떻게 컸는지 모르지만 아이가 참 밝게 큰다는 생각이 들었다.

“아이가 참 밝다. 얼굴이. 작은 것도 그렇지?”

자동차에 올라 나는 자현이에게 그렇게 말했다.

“응. 그렇지만 큰 게 더 밝아. 아직 철이 안 들어서 그렇지. 그런데 웬 바람이 불었대? 전에는 강릉 와도 한 번도 그런 소리가 없더니 날 다 보자고 그러고."

"그래. 내가 아무래도 바람이 분 모양이다. 마흔이 넘으니 전에 안하던 옛 친구들 생각도 하고."

"다른 애들도 만나봤나?"

"아니. 좀 특별하게 널 보고 싶어서."

"나, 겁나게 하려고 그러는 건 아니지?"

"그렇게 하면?"

"느 애기엄마한테 이르려고."

"허락받았는데 뭐. 너 겁주러 나가는 거."

"그럼 아슬아슬한 것도 없겠네 뭐. 괜히 나 혼자 가슴 설레었네. 난 또 우리반 작가 선생이 전화를 하니까 무슨 일인가 혼자 두근두근했는데."

"작은 건 몇 살인데?"

"열다섯 살. 중학교 2학년."

"그것도 엄마 닮았나?"

"그러면 안 되지, 둘 다. 어릴 때 나 닮으면."

"너 닮으면 왜 안 되는데?"

"여자도 이젠 씩씩해야지. 그래야 세상도 씩씩하게 살아가고."

"그럼 아까 큰 애 얘기가 네 얘기네."

"일부러 그렇게 키우려고 그런다. 내가 살아온 게 싫어서."

그쯤에서 나는 지난번 서울 동창 모임에 대해서 말했다. 그 자리에 모였던 아이들 얘기도 하고, 호일이와 은봉이가 초등학교 졸업 후 처음 모임에 나온 이야기도 했다. 그러나 은봉이에 대한 자세한 이야기는 하지 않았다. 이따가 식사를 하며 다시 이야기를 하느라면 저절로 그런 기회가 있을 것이라고 생각했다.

그러느라고 어느새 자동차가 경포대에 닿았다. 나는 자현이에게 회를 먹을 줄 아느냐고 물었고, 자현이는 그러면 초등학교 동창끼리 격식 차릴 것 없이 음식 값이 좀 더 싼 강문 쪽으로 내려가자고 했다.

"거기도 같은 경포 바다니까."

"너 원래 사람이 이렇게 편했나?"

"그럼. 그런데 그 말 가시가 있는 것 같네. 옛날에는 안 편했다는 말처럼."

"가시는. 어릴 때 우리 마음에 언제나 네가 특별했다는 얘기지. 우리 김자현 씨가."

"비행기 태우지 마라. 나 이제 느들이 태우는 그런 거 안 탈 거니까."

"그래도 오늘은 타라. 옛날 얘기도 하고."

넓은 창문 앞으로 바로 바다가 보이는 집이었다. 주인 아주머니가 메뉴판을 가져다 주자 자현이는 그걸 펼쳐보지도 않은 채 아주머니가 알아서 우리 두 사람이 먹기 편하게 상을 차려달라고 말했다. 그 모습에서 나는 지난번 서울에서 만난 미선이를 떠올렸다. 어쩔 수 없이 그런 나이가 된 것이었다. 어느 자리에서나 격식이나 모양보다 '편한 것'이 가장 편하고 좋은 나이가.

"술도 한잔 할까?"

"나는 그래도 되지만, 너 차는?"

"그거야 나중에 기사를 불러달라고 하면 되지 뭐."

"오늘 시간은 어떻게 되는데?"

"어떻게 되다니?"

"늦게 들어가도 되냐고? 오랜만에 형제들 다 모였을 텐데."

"괜찮아. 어제 봤으니 늦게 들어가도."

"야, 말하고 보니 좀 그렇다. 그런 말은 연애할 때 남자가 여자한테 묻는 말인데."

"그런가?"

"그러면 기사 부를 것 없이 맥주 한두 잔하고 술 깬 다음 저녁 늦게 들어가. 나도 우리 애들한테 그렇게 허락을 받았으니까."

그래서 음식과 함께 맥주 두 병도 같이 시켰다.

"너는 잘 살지. 집안도 편하고."

음식이 나오기 전 자현이가 물었다.

"그래."

씩씩하여 아름다운 길들

"내 사는 얘기는 들었지?"

"그래."

이번에도 나는 망설이지 않고 말했다.

"그런데 정말 무슨 바람이 불었대? 그냥 나한테 전화한 것 같지는 않고."

"그동안 강릉에 와서 다른 동창들은 더러 얼굴 봤거든. 그때마다 너는 안 나오니까 일부러 전화한 거지. 우추리 느 집을 통해 전화번호를 알아서."

"고맙다. 그래도 그렇게 생각해주는 친구가 있어서."

"이젠 동창 모임에도 좀 다니고 그래라."

"그래. 이젠 그럴 거다. 전에도 마음이야 나가고 싶었지. 남들은 내가 안 나가니까 지금 내 사는 꼴이 그래서 안 나오는가 생각할지 모르지만 사실 그래서 안 나갔던 건 아니야."

나는 그럼? 이라고 묻지 않았다. 눈은 자현이를 바라보며 대신 주머니에서 담배를 꺼내 그것 한 개비를

211

입에 물었다.

"나는 괜찮은데 내가 나가면 괜히 애들이 나한테 신경 쓸 거 같아서 그게 싫었어. 그렇지만 이젠 나갈 거야. 정수 너도 이렇게 편하게 보는데 뭐."

"지난번 서울 모임 때도 은봉이하고 호일이가 새로 나오니까 얼마나 좋은지 말이지. 걔들은 초등학교 졸업하고 30년쯤 만에 처음 봤거든."

"잘 산대? 걔들도?"

"그래."

내가 담배 한 대를 피고 나자 밑반찬이 나오고 곧이어 회와 함께 술이 나왔다. 나는 얼른 자현이의 잔에 거품이 나지 않도록 잔을 숙여 술을 따라주었다. 자현이도 내 잔에 술을 따랐다. 그리고 새삼 반갑다, 오랜만이다, 하는 말로 잔을 부딪쳤다.

"자현이 너도 걔들은 졸업하고 한 번도 못 봤지? 은봉이하고 호일이하고는."

"느는 못 봤는지 모르지만 나는 아주 오래 전에 은

봉이는 여러 번 봤어. 고등학교 다닐 때. 호일이는 못
봤어도."

"그래? 걔 그때 삼척인가 어딘가에 나가 있었다고
그러던데."

"그래, 그때."

"그때 언제?"

나는 잔을 반만 비우고 아래로 내려놓았다.

"그렇지만 나는 은봉이를 봤어도 은봉이는 나를 못
봤을 거야. 나는 그때 은봉이를 한 번도 아니고 두 번
인가 세 번인가 봤지만. 삼척에서도 보고, 여기 강릉
에서도 보고."

"그래?"

나는 거듭 그렇게 물으며 탁자 건너편에 앉은 자현
이를 바라보았다. 그 얘기는 은봉이도 똑같이 했었다.
나는 자현이를 봤어도 자현이는 나를 못 봤을 거라고.

"나, 걔 외가가 삼척인 것도 아는데 뭐. 삼척에서 걔
무슨 일 했는지도 알고."

"…."

"그렇게 놀란 얼굴 하지 마. 어떻게 아는지 말해줄 테니까."

자현이는 "우리 외가도 삼척이야. 지금은 거기 살지 않고 이사 갔지만." 하고 말했다. 처음 은봉이가 삼척에 가 있는 걸 안 것은 고등학교 1학년 때였다고 했다. 그때 방학이 되어 외가에 놀러갔는데 은봉이가 바로 자기 외가와 가까운 친척집 트럭 일을 하고 있더라고 했다.

"그때 얼마나 놀랐는지 몰라. 우리 외사촌들하고 그 집에 놀러갔는데, 여름인데 은봉이가 그 집 마당에서 세수를 하고 있는 거야. 내가 막 대문을 들어서려는데 말이지. 처음엔 그게 은봉인 줄 몰랐지. 그럴 거라곤 생각지도 못했으니까."

"그런데?"

"대문 쪽에서 소리가 나니까 세수를 하다말고 힐 끗 이쪽으로 얼굴을 드는 걸 보니까 우리 초등학교 동창 은봉인 거야. 그래서 그 집에 들어가지 못하고 도로 대문을 빠져나와 외가에 와서 나중에 물어봤어. 표 나지 않게 지나가는 말처럼 그 집 트럭 조수는 어디서 온 사람이냐고. 그랬더니 은봉이가 틀림없는 거야. 나는 나중에라도 은봉이가 그걸 알까봐 얼마나 조심했는데. 지금이야 이렇게 말하지만 그땐 그런 걸 서로 알면 그렇잖아. 나는 괜찮아도 은봉이는 그 집 일 계속하기가."

세상이 좁다는 말을 그럴 때 쓰는가 보았다. 자현이도 그때 그런 걸 처음 경험했다고 말했다. 다른 사람의 일도 아닌, 오늘 바로 내가 그 일로 만나자고 한 은봉이 때문에.

"그럼 은봉이가 그 집에 살았던 거냐?"

"아니. 그랬던 건 아니고, 밥 먹고 잠자는 건 은봉이 외가에서 하고 일만 그 집 트럭을 따라다녔던 거야. 그땐 자동차마다 운전수가 있고 조수가 있고 했으니까."

"그 다음엔 또 어디에서 봤는데?"

"그 후에도 방학 때 삼척에서 한 번 더 보고, 그리고 강릉에서. 느들은 걔 권투했던 거 모르지?"

"……."

"알아?"

"그래. 은봉이가 얘기하더라. 그런 거 했다고. 그래서 그해 강릉에서 열린 도 체전에도 나가고 했다더라."

"그래. 그때 나 걔 시합하던 체육관에도 일부러 가 봤다. 권투가 뭔지도 모르면서 우리 동창 은봉이가 거기 나온다고 해서. 걔 얘기는 삼척 외가를 통해 늘 전해 들었거든. 대회 나간다는 얘기도 외가를 통해서 듣고. 가 봤는데, 첫날에는 잘했어. 두 번 싸워서 두 번 다 이기고. 그런데 다음날 또 갔는데, 그땐 은봉이가 졌어."

"……."

"정수야."

씩씩하여 아름다운 길들

"왜?"

"나 그때 얼마나 속이 상했는지 몰라. 은봉이가 얼굴을 맞고 쓰러져서 일어나지 못하는데, 그렇다고 나중에라도 일어났을 때 다가가 뭐라고 말할 수도 없고 말이지. 그때 둘째 날에는 나 은봉이가 이기면 다가가서 주려고 꽃도 하나 준비했거든. 여학생 혼자 그런데 어떻게 가나 싶어 다른 동창애들 불러서 함께 가려다가 그래도 혹시 은봉이가 질 때를 생각해 혼자 갔던거였는데."

"자현아."

그때 내 목소리는 은봉이가 만약 이 자리에 있었다면 꼭 그렇게 불렀을 그 목소리 그대로였을 것이다.

"왜 갑자기?"

"나는 안다. 그때 은봉이가 왜 졌는지…."

"왜 졌는데?"

"우리 마음 안의 첫사랑을 이길 장사는 없거든."

"무슨 얘긴데?"

그래서 나는 지난번 서울 동창 모임 때 자유로를 타고 일산으로 돌아오던 길, 은봉이가 내게 말했던 그날의 일을 말해주었다. 그때 은봉이도 너를 보았던 것이라고. 네가 꽃을 들고 들어오는 것도 보고, 경기가 막 시작되기 전 링 위에서 헬멧을 쓰면서도 이쪽을 바라보고 있는 너를 봤다고. 그렇지만 네가 그게 자기라는 걸 알았는지 몰랐는지는 너가 지금까지 그랬듯 은봉이도 지금껏 그것을 모르고 있다고.

　그리고 또 말했다. 네가 보는 앞이기에 더 잘해보고 싶었는데, 너를 본 다음 이상하게 마음만큼 몸이 말을 듣지 않더라고. 네가 보고 있다는 생각만 자꾸 머릿속에 들어 상대 선수한테 맞아 바닥에 쓰러지면서도 게임에 졌다는 생각보다 이걸 네가 봤구나, 하는 생각부터 먼저 하게 되더라고….

　그리고 나는 나도 모를 어떤 갈증에 맥주잔을 들어 입으로 가져갔다.

　"그랬구나. 그때…."

자현이도 남은 맥주잔을 입으로 가져갔다.

"그 후의 소식 더 들은 거 있나?"

나는 다시 자현이에게 물었다.

"걔 군대가기 전까지 얘기는."

"그럼 혼자 공부했던 것도 알고?"

"그래. 우리 동창 중에 너처럼 글로 세상에 알려진 사람도 있고, 형우처럼 공부를 잘해 대학 교수를 하는 사람도 있지만, 정수야, 나는 가끔 그런 생각을 해. 은봉이처럼 혼자 그렇게 공부한 훌륭한 친구도 있다고."

"그래. 나도 우리 동창 중에 은봉이를 제일 훌륭하게 생각한다. 서울에서 만났을 때 형우도 그런 말을 했었고."

"그 다음 소식은 몰라. 걔 군에 간다고 그 집 일 그만두고 나서 얼마 안 있다가 우리 외가도 삼척에서 강릉으로 이사를 나왔거든. 지금은 어떻게 사는데?"

"그 얘기는 좀 있다가 하고 우리 얘기도 좀 하자. 네 얘기도 하고 내 얘기도 하고."

그러면서 나는 다시 자현이의 잔과 내 잔에 술을 채웠다.

　"너, 내 얘기가 궁금한가 보구나."

　"그래. 나 이제 나이를 먹어 그런지 편하게 그래, 라고 말한다. 니 어떻게 살아온 지 전혀 모르지도 않으면서."

　"우리 애들 아빠 얘기는 전에도 들었을 테니까 알거고, 나 두 번째 결혼했던 얘기할게. 지금도 애들한테 미안한 게 그거야. 내깐에는 내 속으로 낳은 애들 내가 거둔다는 생각에 두 아이를 다 데리고 가는 조건으로 그 사람과 재혼했던 거야. 여기 강릉에서 꽤 큰 가전제품 총판하는 사람이었는데, 그 사람한테도 애가 둘이 있었고. 우리 큰 애 중학교 1학년 때야. 작은 건 초등학교 5학년이었고. 그런데 결혼한 지 한 달쯤 지난 다음부터 그 사람이 손찌검을 하기 시작하는 거야. 예전에도 그랬다는데 처음엔 그쪽 애들한테부터 시작하더니 이내 나한테도 하고, 시간이 지나면서 우리 애들한테도 그러고…. 술만 먹으면 말이지. 그러니 거기 애들도 그렇고 우리 애들도 얼마나 주눅이 들어 살았는지 몰라. 어른들 말대로 남의 집에 지즈바 둘 데리고 들어간 년이 어디 가면 다른 팔자 고치랴 싶어 웬만하면 참고 살았겠지. 그런데 애들을 위해서도 그렇고, 날 위해서도 그게 아닌 거야. 함께 산 일 년 중에 두 달은 제대로 살고, 나머지 열 달은 헤어지느라고 살았는지도 몰라. 그래도 그때 세상에 대해 배운 게 하나 있다. 내가 씩씩하게 살고, 애들도 씩씩하게 키워야겠다는 거 말이지. 어릴 때 나처럼 키우지 말고. 생각해보면 나는 잘못 컸거든. 내가 제대로 컸다면 두 번째 일 겪을 때 애들한테 그렇게 상처를 안 줄 수도 있었는데. 그게 지금도 애들한테 늘 미안하고. 그땐 정말 그런 일을 어떻게 할 줄 몰랐으니까. 지금은 그렇게 생각해. 그때 내가 앞으로 애들을 데리고 살며 새로 씩씩해지기 위한 비싼 공부를 했던 거라고. 알고 보면 그 사람도 불쌍한 거고. 나 그렇게 살아왔어. 조금씩 씩씩해지면서. 예전 같으면 이런 처지면 네가 불러도 못 나왔겠지. 느들이 생각하는 내 어릴 때 모습도 있고, 내가 생각하는 내 어릴 때 모습도 있는데. 그렇지만 우리 애들과 함께 씩씩해지기로 했어. 한 발 한 발 세상 나가면서. 앞으로 나가야 할 세상도 지금까지 살아온 세상보다 더 넓고 길 테니까.”

궁금해서 물었으면서도 이럴 때 할 수 있는 일이라든가 말이라는 게 생각보다 많지 않았다. 그래서 아무 말도 하지 않은 채 묵묵히 자현이의 얼굴만 바라보았다. 그래서 오히려 잠시 어색해진 분위기를 추스린 것도 내가 아니라 자현이었다.

“이제 시원해? 내 얘기 들으니까?”

“그래.”

“너 오늘 그래, 라는 말 많이 하네.”

“그런가? 그럼 다시 한잔하고.”

나는 자현이의 잔에 내 잔을 부딪쳤다.

“너 씩씩함에 대한 건배야.”

나는 일부러 그 잔의 의미를 그렇게 부여했다.

"고마워. 그런데 너 이런 얘기만 들으러 온 건 아니지?"

"그래. 금방 더 씩씩해지네."

"말해, 그럼."

나는 자현이가 모르는 그 다음 은봉이에 대한 얘기를 했다. 그 얘기 중에 어릴 때 은봉이가 삼척으로 나갈 때 일부러 학교 마을에 와 자현이를 보고간 얘기도 했다. 내가 그 말을 하자 자현이도 "그럼 언제 은봉이를 보면 한 번 안아줘야겠네." 라고 말했다. 그리고 그 얘기 끝에 나는 속이지 않고 말했다. 니 생각이 어떤지 모르지만 내가 온 건 바로 그 일 때문이라고.

"은봉이도 알아? 너 여기 온 거?"

정색을 할 줄 알았는데, 맥주 두 잔으로 얼굴이 붉어진 것 말고는 의외로 자현이는 편한 얼굴로 내게 그렇게 물었다.

"아니. 아직은 나 혼자 생각이다."

"정수야."

"말해."

"나 두 번째 그런 결혼했다고 세상 남자들에 대해 어떤 편견 같은 건 가지고 있지 않아."

"무슨 얘긴데?"

"그 일에 데어 언제까지고 혼자 살겠다는 생각을 하고 있는 것도 아니고. 만약 그런 생각을 하고 있다면 그건 다른 일 때문이지."

"뭔데 그게….."

"그 두 번째 일에 대해 내가 후회하는 건 그거야. 그때 나 혼자 힘으로 두 아이를 키워낼 수 없다는 생각 때문에 왠지 앞으로 나 혼자 감당해야 할 그 일이 겁이 나서 누군가 그렇게 그 아이들을 자기 자식처럼 맡아주고 키워준다면 하는 생각에 재혼했던 건데 그게 후회스럽다는 거야. 아이들한테 미안한 것도, 또 상처를 준 것도 결국 그때 나의 그런 씩씩하지 못한 생각 때문이었던 거고."

씩씩하여 아름다운 길들

"안다. 이해하고, 그 얘기는."

"아직은 내 생각이 그래. 아이들 때문에 혼자 살겠다는 것도 아니고, 지난 일이 두려워서 혼자 살겠다는 것도 아니야. 그렇지만 지금은 내 손으로 아이들을 씩씩하게 키우고 싶어. 이제 그럴 자신도 있고, 또 거기에 내 삶의 의미를 찾기도 하고. 엄마로서 어떤 의무 때문에 그러는 것만은 아니야. 지금은 내가 두 아이를 데리고 사는 삶에 만족하고 있는 거지. 다시 나를 채울 어떤 사랑이 필요하다면 그땐 내가 나서서 찾을 거야."

"그럼 내가 너무 성급하게 내려온 건가?"

"아니. 이건 성급하고 말고 하는 얘기가 아니니까. 이따가 갈 때 은봉이 전화번호나 적어줘. 이 일 때문이 아니더라도 나는 이제 은봉이한테 전화를 할 수 있으니까. 옛날처럼 꽃을 들고 갔다가 그냥 돌아서지도 않을 거고. 그러다 은봉이가 정말 좋아지면 그땐 내가 먼저 그렇게 말해도 되잖아. 우리 연애하자고 말하든지, 아니면 결혼하자고 말하든지. 대신 그때까지 정수 너는 아무 말도 하지 마. 괜히 이 일로 우리를 서먹하게 만들지 않으려면. 알았지?"

"그래."

"그러니까 정수 너는 오늘 강릉에 와 나를 만나지 않은 거야. 대신 오늘 니 마음은 내가 고맙게 받을게. 은봉이 소식 알려준 것도 고맙고. 자, 이제 그만 심각한 얼굴하고, 편하게 한잔하자. 이번엔 내가 잔을 부딪칠게."

나는 내 잔에 부딪쳐오는 자현이의 잔을 받았다.

"내가 왜 이렇게 말하는지 알아?"

"…"

"나, 이제 옛날에 느들이 생각하던 자현이보다 씩씩해졌으니까."

그 말이 내겐 좋았다.

그리고 늦은 밤, 바다에서 시내로 돌아올 때 다시 처음처럼 편해진 자현이가 "정말이야. 언제 은봉이를 보면 내가 꼭 한 번 안아줘야겠어." 하고 말하던 것도 내게 다시 좋았다. 그 말을 듣고도 조금도 질투가 나지 않는 내 첫사랑이, 자동차를 타면 늘 아내가 앉던 내 옆자리에 앉아 있었다. 나는 그런 자현이에게 언제까지고 늘 그렇게 씩씩하기를 바란다고 말했다.

내가 좋아하는 영화, 〈타이타닉〉의 그 여자처럼….

이제, 그 여자만큼이나 씩씩한 자현이가 내 옆자리에 앉아 있었다.

첫사랑

누구에게나 첫사랑이 있습니다

당신의 첫사랑은 누구입니까

당신은 누구의 첫사랑입니까

우리는 언제나 누군가를 사랑하고 있습니다

우리는 언제나 누군가의 사랑을 받고 있습니다

우리는 모두 사랑으로 삽니다

당신을 사랑합니다

첫사랑

2015년 6월 21일 초판 1쇄

글쓴이 이순원

펴낸이 이순영 ‖ **편집** 이루리 ‖ **마케팅** 이상수 ‖ **홍보** 이진아 ‖ **디자인** 강해령

인쇄 한영문화사 ‖ **제본** 대원바인더리

펴낸곳 북극곰 ‖ **출판등록** 2009년 6월 25일 (제300-2009-73호)

주소 서울시 은평구 진관동 은평뉴타운 우물골 236동 B112호

전화 02-359-5220 ‖ **팩스** 02-359-5221 ‖ **이메일** bookgoodcome@gmail.com

홈페이지 www.bookgoodcome.com ‖ **블로그** http://blog.naver.com/codathepolar

페이스북 http://www.facebook.com/bookgoodcome ‖ **인스타그램** @bookgoodcome

ISBN 978-89-97728-88-6 03810 ‖ **값** 15,000원

ⓒ 이순원, 2015

「이 도서의 국립중앙도서관 출판시도서목록[CIP]은 서지정보유통지원시스템 홈페이지[http://seoji.nl.go.kr]와 국가자료공동목록시스템[http://www.nl.go.kr/kolisnet]에서 이용하실 수 있습니다. [CIP제어번호: CIP2015016052]」